私の出会った詩人たち

清水 茂

舷燈社

目次

私の出会った詩人たち

片山敏彦　一

今日からは「私の出会った詩人たち」というタイトルで、これまで自分が辿ってきた詩の道筋にあって、必要だった、あるいはその人に出会ったことが幸せだったと思われた詩人たちについてのお話をさせていただくことにしました。そして、まずは自分にとって詩の道の発端となった一人の詩人を取り上げてみたいと思います。

私にとって、片山敏彦という方は、矢張り「先生」という呼び方が馴染んでいるのですが、ここではお許しをいただいて、敬称略で呼び捨てにいたします。たぶん三回ぐらいの話になることを予定しています。

私自身はかなり早い時期から言葉を用いて、何かを表現することが好きでした。学校生活は戦争を挟んでいますから、尋常小学校に入学して、国民学校を卒業し、都立の中学に入って、新制高校で卒業する、といったちょうど学制の変り目にあたっています。小学校の終り頃には学童疎開で、飢えと寒さのなかに過しましたが、中学に入り、空襲が激化していたために、母方の祖父が福岡県の行橋にいたので、母や幼い弟とともにそこに呼ばれて移りました。間もなく戦争が終り、東京へ戻ろうとしたのですが、当時まだ復興の進んでいない東京への転入制限というものがあって、中学二年までは九州にそのままとどまっていました。そして、漸く東京に戻れた時には、呆然とするほどの地方と中央との学力差を感じたものでした。

当時、中学の国語の先生に釈超空（折口信夫）のお弟子という方がいて、「きみが短歌を作れば私が添削してやる」と言われて、たぶんそのとき二百首ぐらいは作りました。その先生はことあるごとに折口先生の名まえを出すような方でしたから、日本語の使い方についてはかなりやかましかったと思います。

当時のことを思い起してみると、日本の精神風土というものは非常に変り身が早いと言いますか、それは文章の書き手以上にジャーナリズムの側の変身の素早さということでもあるのですが、それに対応できる書き手とそうでない書き手とがいたように思います。

私たちの先人たちは精神的な廃墟のなかで何を作ろうとしていたのか、ドイツではナチズムの問題を抱えていたので、戦後になってどうしても徹底的な戦争責任にたいする吟味が必要だったのでしょうが、日本の場合は、丸抱えで日本人全体といった感覚がいつも表面に出て、それにたいする異議申し立てみたいなものは斥けられるところがありますから、戦争が終ってみると、「一億総懺悔・総不幸」といったふうでした。

ところで、片山敏彦という具体的な一人の詩人と自分との接点ということになりますけれど、私にすれば、ほんとうに信頼することのできる思想家とか詩人とかは誰なのか、いったい何処にいるのかといった捜し方をしていたわけです。戦争終結と同時に自分の抱いていた価値観を百八十度転換させて発言するような人ではなくて、もちろん戦争中に国外に逃れていたという人もいたわけですが、すくなくともそういう意味から、何かしら戦争中の雰囲気には同意しなかったという思想家なり詩人なりが私には必要だったのです。私は十代の半ばでしたが、日常的にそんな感覚で生きていたわけです。

まえにもお話ししたことがありましたが、高校二年の夏の日に、たまたま散歩していて、私は個別のものの在り様が何かふいに白っぽい、やわらかい光のなかにすっぽり溶けてしまったような、奇妙な一瞬の感覚を味わいました。べつにそこで眩暈を感じたとか意識不明になったとかいうことでもなしに、ああ、こんなふうにすべてのものが個別の輪郭を失うことがあるのだ、といったそれは不思議な感覚でした。ごくわずかな瞬間のことなのに、いまだにその感覚が何か心理的なものとして残っているというのは慥かに妙なことです。その時期には、年齢相応に「死ぬということはどういうことか」などということも不安や感傷も混えて考えていたわけですが、これほど穏かなことが個別の状態の消滅ということであるのだとしたら、それはいささかも怖くないことだ、その状態で万物一切はたったいま垣間見たばかりのあの大きなひろがりのなかに解消してしまうのだというふうに感じられたわけです。

そして、その後、自分が出会った詩人たちのなかに似たような経験を捜して吟味するようになってゆきます。

その頃、クラスの友人の一人が片山敏彦の『詩心の風光』という本を貸してくれたことがあり、それを彼に返すときに、いろいろ自分の感想を述べましたら、彼はその本を私に呉れたのです。この本は現在のみすず書房の出版第一号でした。みすず書房は長野出身の小尾俊人という方が片山敏彦に相談して起業した会社です。この最初の本だけ会社名が「美篶書房」と漢字表記になっています。おそらく社名が読みづらいということですぐ平仮名表記に変ったのでしょう。この本を手にしたとき、私は自分の捜していたのはこういう人だと思ったわけです。一九四六年、つまり終戦の翌年に刊行されたものですね。この本の「序」の文章は、私にとって大きな驚きでした。一度読んでみましょう。

「戦争は過ぎた。歴史の深刻な動乱は昨日の悪夢のやうである。しかもその大きな余波はまだわれわれを揺すぶつてゐる。眼前には廃墟と新しい多くの墳墓と社会革命の相があり、内心には哀しみや驚愕や焦慮の痕が数多く残り、飢ゑや寒さの傷口もまだ癒えない。

帰つて来た平和の第一年目の春——空は碧瑠璃に澄み、丘には杏の白い花々が輝く。だが人は、自然のこの永遠回帰の余りにも明澄なふところに帰つて、聖書の中の〈帰つた子〉のやうに思はずむせび泣く。

人間自身が解き放つてしかも自然の原力の暴威に似てゐた巨大な迷妄〈マーヤ〉の嵐の中に見失はれた親愛な人々の、なつかしいもの共の面影。うち砕かれた虚妄の破片とその堆積。われわれは忘れてはならない――われわれの過誤と弱さとを。われわれは絶望してはならない――なぜなら人間性実現の新しい仕事が我々の心と手との営みを待つてゐる。

心の奥底から静かな希望が身を起こす。廃墟の瓦礫のあひだから萌え立つて、春の光と風とへの頌歌のやうにふるへる柔い、淡みどりの草のやうに、辛抱づよい静かな希望が身を起こす。新しい光に向ふ希望の草の葉よ。お前はほんたうに希望なのか。それとも愛惜なのか。それとも新しい迷妄なのか。〈いや、私は新しい迷妄ではない〉と、そのささやかな草の葉が言ふ――〈私は迷妄を破つた小さな命だ。取り戻された無言の謙虚だ。そして謙虚から立ち上がる新しい善意だ……〉

〈生〉は絶えまない流だ。肉体と共に精神もまた常にあらたまる不断の流だ。必ず死ぬ運命のあらゆる人間にとつて然かも〈生〉こそ根本的な体験であり、肯定の根拠であり、またそれは人間にとつて最も深く釈きがたい謎である。〈生〉にふさはしく生きるとは、生の謎にふさはしく生きることである。

生の謎にふさはしく生きることとの困難な課題の重荷を、人間独自の喜びを以て荷ふ事から文化への努力が生まれ、認識と愛とを目ざすやうな種類のさまざまな仕事が成立する。

〈詩〉の風光がさういふ仕事の前進を、大気のやうに、または薫りのやうに浸して吹きめぐる。文学と美術と音楽とは、さういふ〈詩〉の風土の中で、それぞれの方法と特徴を生かしながらまた互ひに相呼応する。……」


文章はこんな調子でしばらく続きます。いま読んでもそんなに古臭くはなく、おかしな文章でもありません。

戦後の廃墟は都市の廃墟でもあるけれど、精神の廃墟でもあると高校生の私は感じていて、その実感がこの文章で受け止められていると率直にそう思いました。『詩心の風光』というこの本にはいろいろな文章が雑多に収められているのですが、そのなかに自分がまだ知らなかったロマン・ロランの精神的な自伝『内面の旅路』の一部が紹介されていて、そこでは三つの精神的な体験について述べられていました。すべてが包み込まれて、溶けてゆくような、自我でさえもがそこに溶け込んでゆくようなひろがりを感じたあの私の散歩の体験が、そこに同様のものを発見したのです。それで、私はこの本を繰り返し読みました。私がやがて学部の卒業論文の主題を「ロマン・ロランの宗教感情」と設定した理由もここにありました。

その頃、書店に、現存の著名な作家や詩人を紹介する文学者事典のような本が置いてあるのを偶々見つけ出しました。そこに片山敏彦の住所も記載されていたのです。一九五〇年の正月過ぎに、私は『詩心の風光』についての読後感想文を思い切って未知の詩人に向けて投函しました。一月二十九日がロマン・ロランの誕生日だと知ったので、たぶん、その日に私は手紙を出したと思います。想いがけずその返事はすぐに来て、私はまったく驚愕いたしました。

風向きの変った当時のジャーナリズムが戦争で汚れなかった人間を探していたためでしょうか、片山敏彦の名まえは当時の新聞や雑誌にはよく見られました。また、みすず書房が最初の大きな仕事として手掛けたのが、ロマン・ロランの全集を出すことでした。そこで小尾俊人が片山敏彦を信州の佐久平に訪ねて行ったのです。

片山は高知の医者の息子で、岡山の旧制第六高等学校で医者になろうとドイツ語の勉強をしていたわけですが、そのときゲーテの戯曲『タウリス島のイフィゲーニァ』の一行に心を捉まれ、若い頃に白樺派に傾倒していたこともあって、医者になることを止めて、東京帝国大学のドイツ文学科に行ったのです。一九二九年から一九三一年までヨーロッパに滞在し、ロマン・ロランをはじめ、多くの文人との交流を深め、何回かスイスにロランを訪ねるなどして、帰国してから法政大学の先生を勤める傍ら、駒場の旧制一高でも教えるようになりました。法政での教え子に詩人の藤原定がいました。

戦争が激化した一九四五年四月に当時の一高の校長安倍能成に、軍事教練と工場動員ばかりの学校ではもはや自分のなすべきことはないと辞表を提出しています。当時北軽井沢の法政大学村と呼ばれていた土地（作家の野上彌生子もそこにいましたが）に引き籠り、荒れ地を耕しながら、夫人と二人、飲まず食わずに等しい生活を送ります。そして、終戦の年の秋に、片山夫妻は千曲川沿いの聚落塩名田の小吉屋という店の一隅に間借りして、かろうじて生命を取りとめたのでした。

一九四六年に、もともと住んでいた荻窪に戻ってきて、本格的な文筆活動を再開し、新制の東京大学で比較文学の講座を受け持ち、独仏文化の比較論のようなことを二年ほど担当しましたが、翻訳の仕事も多かったので、やがて教師を辞めて、文筆活動のみの生活に入ります。

私がはじめて片山敏彦邸を訪ねたのは、ここに資料として持参いたしました一九五〇年二月一日付の葉書をいただいてから二ヵ月ほど後のことです。


「只今お手紙を拝見しました。あの詩には、あなたが体験されたもの、本質が私にも感じられます。若々しい感受性が率直に現されてゐるやうに思ひます。――あなたが見出されたロラン的なもの、それはどんなものでせうか？（もしその気がおありでしたら）次のお手紙でお書きください。またあなた御自身が、どんなお仕事を選ばうとしてゐるか、また学校のことなども。――詩作の道について私はあの一つの詩によつてあなたに何かの指示をお与へすることができませんが、あなたが詩や感想を書かれることであなた御自身を作り上げて行かれることはいいことだと思ひます。」

この文面は若者を有頂天にさせるのに充分な内容でした。まず驚いたのは、十七、八歳の自分の手紙に返事をもらったということでした。そして、「次のお手紙で」とあったので、「許可された」と私は思ったのです。それからは頻繁に手紙のやり取りがあってから、それまで誰にも話したことのなかったあの個人的な奇妙な体験を、たぶん思い切って書き送ったのだろうと思います。

一九五〇年八月十一日付のつぎのような葉書をいただきました、——

「十一日づけのお手紙に君が書かれたことは、私には実によく判ります。私が若いときから中心の体験として持つて来たものもそれです。

私の思想の中核であるミスティークといふものもそれと違つたことではありません。そして、私がこの国の「文壇」で孤独であるのもそのことの為なのです。私たちはこの体験にもとづいて全く自由な無形の修道院の建設者でなければなりません。君には、非常に健全に内面の《証し》が来るやうです。落ちついて辛抱づよく成長してください。」

この文面に語られていることは、自分の生き方にとってかなり決定的なものであったという感じをいまでも持っています。それから私は所謂受験勉強のようなものにまるで関心がなくなってしまいました。何処の大学に入るかということはどうでもいいことでしたが、ただ自分が読みたいもののために、幾つかの外国語は習得したいという気もちがありました。当時新宿の紀伊国屋の中二階の奥にごく小さな洋書のコーナーがあったので、そういった傾向の本ばかりを漁っていました。そして、私の特殊な体験と思っていたものがそれほど特別なものでなく、それは誰にでも起り得るものなのだということがわかってきたのです。

息子を医者か弁護士にでもしたかった父親はそんな私の将来を心配していましたが、片山敏彦という人がどんな人なのかは一応知っていましたので、その先生がそう言うならいいだろうと折れてくれて、親子の決裂といった状態にまではなりませんでした。

そのとき、片山敏彦は五十二歳でしたが、六十三歳の時に肺癌で亡くなっています。ですから、私が片山敏彦とほんとうに関わっていたのは十一年間です。その十一年の間にはいろいろなことを教わりましたし、漠然と感じていた自分にとっての詩の在り様ということについても考えさせてもらいました。日本の詩壇全体の状況から見れば、片山敏彦は孤独な詩人だったと思います。それでも、その詩の在り様は間違っていないと私には思われました。

さて、今日はここに『地下の聖堂』という詩人片山についてかなり以前に私が書いた本を持ってまいりました。これは私自身が五十二歳になったときに――つまり、それは私がはじめて片山敏彦に出会ったときの彼の年齢だったわけですが――、どうしてもこの詩人について纏めておく必要があると感じて整えたものです。自分にとってあの詩人がいなかったら、間違いなく自分の人生は違うものになっていただろうとも思います。その五十二歳という年齢のとき、はやくもこの国が忘れかけている片山敏彦という詩人について、自分なりの証言をしておく必要があると思ったわけです。

それではここで片山敏彦の戦時中の詩と戦後の詩を取り上げてみることにします。何も難しいところのない詩です。この戦中戦後の状況のなかで、詩人がどのように生き、心の状態はどのようであったか。それを確認しておきたいと思うのですが、片山は戦争までの時期に二冊の私家版の小さな詩集を出しています。みすず書房版の『片山敏彦詩集』は一九五八年刊ですから、詩人が亡くなる三年前に発行されたのですが、彼はみすず書房にはずいぶん貢献していたので、その見返りとしておそらく出版されたのだと思いますが、生前の詩集はそれを加えてわずかに三冊を数えるのみです。

はじめの「戦時の或るとき」という詩は、もちろんそんな状況下では発表の困難なものでしたが、五八年版の『片山敏彦詩集』に収録されているものです。

戦時の或るとき

狂乱が　世界の夢を　いやが上に厚くして
その夢の重たさが　人自身を圧しつぶす今
たち迷ふ煙の波は
才智の臭気をも　耐へがたいものにし
血をながし　涙をながし
ただ盲目の力に恃み
アリエルの調和をくだく規律に驕り
死を運び　死を頌めながら　みづから亡びる。

幾千年の迷ひを払ひ抜けて
いつかはまた「日」へと伸びる歌のため
試めされてよみがへる　愛の静寂のため
今　何をすればいいのだらう――
くだかれた心の廃墟で
秋の夜の黒い雲の切れ目の

星の炎を飲むことのほかに。

「アリエル」というのはシェイクスピアの『テンペスト（嵐）』に出てくる空気の精ですね。

それから、もう一つは「戦時の或る夜に」という標題の詩です。

戦時の或る夜に

雨の降る秋の夜ふけの
空に星々はまつたく見えず
心はむなしく光をさがす
くだかれてゐる心のなかに。

苦しい思ひに包囲されて
心はただ　問への意志のかたちとなり
苦しい思いひはただ　問へ向つて

堅い雨のやうに降りつづけ
そのために来る　いくらかの和らぎを待ちのぞみ
この和らぎへと　心の底から逆流する
力の誕生を待ち
この逆流の　をぐらい奥に
涙に濡れてゐる星のかがやきが
映つてまばたかないかと　待つてゐる。

非常に暗澹とした気分を訴える詩篇ですね。この戦争はいつ終るのかわからないし、ほとんど絶望に近い状態で、圧し潰されそうだといった感じのする作品です。たとえば片山敏彦より先輩で、戦前にほぼ同じグループのなかで一緒に動いている詩人としては、高村光太郎がいます。尾崎喜八という詩人もいました。高村光太郎はのちに自分の戦時中の在り様が間違っていたという反省を込めて作品を書きましたけれど、尾崎喜八という詩人がそのあたりのことをどう考えたかは私にはわかりません。片山敏彦は、光太郎にしても尾崎喜八にしても、あれほどロマン・ロランのような人に敬愛の念を抱いていたのに、戦争になると、どうして一気に価値観を挙国一致に合せてしまうのかと思い、孤立感を深めていったと考えられます。教職を退き、北軽井沢の森にこもって死にかけて、戦後、塩名田の小吉屋呉服店に扶けられて、そこで間借り生活をします。——「北軽井沢の荒れ地から塩名田に移ってこられたのが十月一日で、ちょうど秋のお祭りがあって、お赤飯を炊いて差し上げたら、片山先生がとてもよろこばれましてね」と小吉屋の主人の吉沢順三さんが私に語ってくれたことがありました。

ともかく生き延びてきて、私が片山敏彦とコンタクトを取り始めた頃には、そこから引き揚げて荻窪の旧居に戻っていました。四月初め、詩人の自宅までの地図の書かれた葉書をもらい、私は約束の午後二時ちょうどに片山家の玄関の引き戸に手をかけ、その手がすこし震えていたのをいまでも覚えています。部屋に通されると、床の間にレオナルド・ダ・ヴィンチの複製がありました。壁には、シニャックの水彩画やラプラッドの油彩が掛かっていました。いずれも小さなものでしたが、こちらのほうはオリジナルの作品のようでした。

その日は、私もまだ将来の身の振り方も決まっていないときでしたし、たいへん昂揚した気分のまま家に帰ってきたのを憶えています。その後、蓼科に来ているから泊りに来なさいとか、千ヶ滝にいるから訪ねて来なさいとか誘いを受け、二人並んで絵を描いたりして、想い出してみればとても幸せな時期を過しました。

あと二篇、『片山敏彦詩集』のなかから、いかにもこの詩人の特徴が表れている、日本の詩人たちがあまり書かないような内容の詩を取り上げてみることにします。「母の鳩たち」という作品は、戦後間もなくの雑誌『新潮』に載りましたが、私の記憶では一行目の「この心の堂が」は「この心の塔が」であったように思います。その雑誌が手許にないので、いまでは確かめようもありませんが、そのフレーズのほうが私は好きだったのですが、詩集では書き換えられています。

母の鳩たち

母よ　私の建てるこの心の堂が
私を超えて　昏く高まり
遠方からは　灰いろに
しかし　内部には明りの支度をして
日の沈んだ冬空の下に佇むとき
母よ　まだ灯のともらぬこの窓に
あなたの鳩たちを送つてください。

あなたの遠い岸べから来て
その鳥たちが　堂の窓べにとまり
星の明りにくうくうと啼きながら
深い静かな翳に宿り
そして明日　さはやかな朝の中に
光の歌となつて　舞ひ立つため。

この詩がなぜそれほどまでに印象深く残ったかというと、「母よ」という呼びかけが、現実の母というよりは世界の産みの親といったものを指していると理解されたからですね。こうした表現はタゴールの詩にもありますが、ヘルマン・ヘッセの作品にも「母なるもの」といった言い方で出てきます。何かしら世界の根元みたいなものであり、私たちを生み出し、包み込んでくれる力のようなものを形象化した言い方です。

また、この詩のなかで、「鳩」は彼のヨーロッパ的感覚で、たとえばキリスト教的な図像ならば、聖母の受胎告知の場面などに、鳩が聖霊の役割で使われています。それから亡くなった人の霊魂の形象化といった場合にも、鳩がよく登場します。こちらとあちらの世界を繋ぐものとしての役割を果たすのですね。そういう感じがこの詩にも窺われます。

そのつぎの「心の中心から」という詩は、この詩人の〈母〉というイマージュの連続として読んでいただけるといいと思います。

心の中心から

心の中心の深さから

湧きやめない波よ。
太陽の金いろと
月の銀いろと
月のない夜の黒さを
映しながら　湧きつづけよ。
そして日よりも月よりも夜よりも
もつと深い母の中へと
帰つて行け。

「もつと深い母の中へと」とある〈母〉は、前の詩の「母よ　私の建てるこの心の堂が」の〈母〉と同じ理解のなかで収めることができると思います。この詩はもっと短い形で私宛の葉書（一九五〇年六月二十七日付）にも収められていて、そのどちらがいいかわかりません。短いものですから、それも添えておきましょう。

心の波よ、

日の炎と月の静かさを
映しつつ進め
月よりも日よりも深い母の中まで……

この戦中と戦後の詩を読み比べると、試煉に耐え、それを通過したという感じが慥かにあります。

けれども、彼が置かれた戦後の状況は非常に移り変るのが早かったものですから、最後にそのことにすこし触れておきたいと思います。私自身がこの時期に立会人のようにして見てきましたので、私なりに感じるところがありました。

この点で、まず考えることは、この国のジャーナリズムや文壇が、戦争の終った時点で、ドイツやフランスでのようにしっかりと戦中の自らの在り様の吟味・検証をすることがなかったということです。端的にいえば、その人たちも政治家もそのままに生き残って、移り変ってゆきました。「日本国民というものはいつでも一つだ」という意識、ですから、その一つのものから外れて生きてゆこうとすれば、その者は間違っていると思われてしまうところがあります。一部の政治家はべつとして、戦後にまず大きな価値の転換があり、すくなくとも表面的にはそれまでの日本の戦争を熱烈に支持したような言い方はすべてダメだという時期があり、それと同時に揺り戻しのように、強い勢いで所謂左翼が擡頭して、先程の文章に「眼前には廃墟と新しい多くの墳墓と社会革命の相があり」とあったように、私なども学生の頃には、いまにも社会革命が起るかもしれないと思うほどでした。けれども、詩人としての在り様からみれば、ある意味で、「左翼的な」と言われる人たちの激しさは、ヴェクトルこそ正反対のようではあるけれども、その調子は戦時中の戦意昂揚と同じだと考えられる質のものでした。日の丸を赤旗に持ち替えただけだというふうに、運動の形態そのもの、精神の在り様は、そこから外れる者を許すわけにはゆかないと言っているようでした。

そんなふうでなく、一人の詩人が、流れが右向きであれ左向きであれ、呑み込まれずに在るということが如何に困難であるかを、この詩人を通して見ることができます。

今日はここで時間切れになってしまいましたので、あとは次回に譲りたいと考えます。いつもながら、辛抱強くお聞きくださいまして有難うございました。

片山 敏彦 二

今日は烈しい風雨の予報でしたので、頑張って池袋に顔を出してみても、三、四人の方がお出でくだされば、それで充分と思っておりましたのに、こんなに大勢の方が遠方からも参加してくださり、ほんとうにうれしく思います。さて、この間からお許しをいただき、遥かな昔のところから自分の辿った詩の道をもう一度振り返って、という話をはじめているのですが、そこから続けてゆきたいと思っています。

前回お話ししましたのは私の、片山敏彦との出会いでした。それまでの私にはまったく未知の詩人でしたが、自分が十六歳の終りの頃で、それは『詩心の風光』という一冊でした。それを読んで大変驚き、何かしら自分が探し当てたのだという気もちがとても強くあったのです。繰り返しになりますが、戦後すぐのあの時期、精神的には瓦礫のなかを自分が彷徨っているという思いがあったのですが、この本に出会って、自分が信じるに足るだけの書き手がここにはいたのだという確信を持ったわけです。

それからほどなくのことでしたが、書店の棚で『雲の旅』というとても小さい本を見つけました。一九四九年、早川書房から出されたものです。

その小さな本を棚から取って、その場ですぐに読みはじめました。いろいろな文章を取り集めたという感じで、かならずしも統一的なかたちを整えたものではないのですが、この本のなかで私の驚きの第二弾というところでしょうか、「創造的な理解」という標題のもので、つぎのような部分でした、――

「われらの存在の中心には、われらの意識を超えた何ものかが与へられてゐる。それが何ものによつて如何に与へられてゐるかは判らないが、私は思ふ、それが測り知れないほど遠い永い源から生れた経歴を持つてゐることを。真にすぐれた芸術や学問は、この深い何物かに語りかけ、それの象徴であるやうないろいろな形象をわれわれに示すことによつてわれわれを感動させる。バッハの音楽やミケランジェロの仕事は、さういふ種類の感動をわれわれに感じさせるために、その感動は深いものであり、われわれに大きな郷愁に似た気もちを味はせるのである。忘れてゐた大事なものを久々で思ひ出させるやうな心持を与へるのである。」

こういう調子の文章が幾つも出てくるわけです。私自身とすれば、若いなりに、何かしら芸術的な創造行為というものは、個としての自分を超えた深いところに繋がっているという、うすうす感じていましたから、自分のなかで、朧げに感じていたものとうまく呼吸を合せてくれたという気もちがありました。それはとてもうれしいものだったわけですね。たぶん、そのことについても、詩人に手紙で書き送ったのだろうと思います。

そして、今日はこの『雲の旅』という冊子のような小さい本に収められている「草に埋もれた家」という標題の、非常に長い散文詩というか、物語詩のようなもの、これを中心にお話ししたいと思います。ほんとうは大学の受験勉強期にあたる年頃でしたが、こういう文章に出会うとほとんどの時間が受験勉強などには向かわなくなったというのが率直なところでした。それかといって、いま、振り返ってみて、べつに損もしなかったし、間違ってもいなかったという気もちがあります。

作品「草に埋もれた家」には、短い序詩が付されています。つぎのようなものです。

序　詩

この　ささやかなことを審くには
おのづから
匂ひのやうに　必要だ
星の空の
　　　全体が……

非常に謎めいた「序」で、そこからファンタスティックな物語のような詩が展開されてゆくことになります。この詩は七つの部分に分れています。そして、この〈I〉の冒頭はこんなふうです。

I

雨戸のない高原の小屋の、早い夜明けだ。
八月の白いあかつきだ。山影の右肩に、明星の金の炎。
うす蒼い空に、日の到来を告げながら、その一点の炎が燃える。
あさかぜに身ぶるひする樹々の枝、
幹の行列は、ほのかに白い腕のやうだ。
それらの腕もまだ夢に包まれて、銀に光る梢だけが
夏の光にめざめかけた遠くの鳥の声に答へるかのやう。

詩人が、何処か高原の小屋のなかから出てゆく。そして、そのとき、すこし溯ってその夜を過したときに夢をみたというわけですが、そのときの想いがつぎの二節目に語られています。

私は夢を見た。覚めてもその名残りが心に鳴つてゐる、遥かな祭の太鼓のやうに。
それは、子供の微笑の夢だつた。それだけだ。
永い以前に郷里の小学校で、ほんのつかのま親しくした同じ組の少年だ

つた。
二十年以上の歳月のあひだ、その少年のことをはつきりと
思ひ出した記憶が殆んどない。
それは私の教室へ、他の国から転校して来てしばらくいつしよにゐたの
ちに
また他の国へ去つて行つた子供だつた。
夢の中で彼の名を、思ひ出さうとしてみたが、だめだつた。
眼がさめると名前だけは、すぐに記憶にのぼつて来たが
彼とどんな話をしたか、何をして遊んだか、思ひだすほどのものがない。
だが夢に見た彼の微笑、それはほかならぬ彼の微笑だ。

こんなふうに言って、その少年の微笑を提示するわけですが、その節の終り近くにゆきますと、〈私〉の出会った「数限りない微笑のなかで、この微笑は彼だけのもの」である、そして、この小さな花の香りのような、または「明るむ音楽のやうな」微笑は、「永い永い歳月の、忘却の波をくぐりながら」、〈私〉の生活の何処に隠れていたのだろうかと、「白い、新

月のやうな、かすかな一つの輝き」を彼はここで仄示していいます。のちに、この少年の「微笑」は詩の〈Ⅳ〉〈Ⅵ〉の部分で再度触れられてきます。
つぎは〈Ⅱ〉の部分です。

Ⅱ

夜明けの風の中にわたしは歩み出た。
秋草たちの点綴された花のあひだを、一つの峻しい丘のほうへ進んで行つた。
斜面には、白くうねる一本のこみちが草のあひだに見え隠れした。
こほろぎが、谷川の水音の上に、声のレースをかぶせてゐた。
足にまかせて巌を曲がり、生ひ茂る草を分けてしばらく進み、
樹間のそよぎを横切り、あぶのうなりを幾つか見送つて歩いたとき、背景の
紺青の山の肩に少しばかり額を見せてゐた一団の雲が
灰色の厚い幕を、にはかに空へひろげ始めて、

見るまに朝の透明な光を呑み、
ひとしきり微風が息を殺し、遠い筒鳥の声が重い沈黙の中を
あてどなくさまようた。

雨が降りそうだとの予感を仄めかしていて、何かゆっくりと進んでゆくテンポでの、ある種の音楽の展開をこれまでのところでは感じさせるところがあり、そのように読んでくると、〈Ⅲ〉のところでは、突然調子が変って、大きな音楽でいえばそこから第二楽章に入るという感じかもしれません。

Ⅲ

やがて烈しい雨が降つて来た。白い斜の雨の縞にあたりはとざされた。
雨宿りの場所はないか、と私は周りを見まはした。
花々は雨のつぶてに揺れてゐた。
私がその影にはいつた一本の樫の木も、まもなく濃いみどりの葉の間か

ら滴を落とし
私の肩は濡れ、髪の毛は額にねばりついた。

そのとき一軒の農家風の家が、とねりこの茂みの影に見えたので私はその軒下に行つてしばらく佇んだ。雨はなかなかやまなかつた。

半時間も其の場所で驟雨の過ぎるのを待つたとき、扉が開いて一つの顔があらはれた。一人の少女の顔だつた。大きな二つの眼が私をみつめた。

私は勝手に、その家の軒下を借りた無礼を謝した。少女は黙つてひつ込んだ。

まもなく一人の老人が、その扉から出て来た。そして雨が霽れるまで内にはいつてお休み下さいと言つた。

私は遠慮して辞退したが、その老人の親しみのある態度につい遠慮を忘れ
彼の後について、家の中に入つた。

山小屋風のその家は、一あしはいつた瞬間に何か非凡な、然し親しい精神の空気を感じさせた。

がらんとした大きな室は、椅子や暖炉の上に
紙片や書物が散らばつて、隅に農具が置いてあつた。
それは、隠者の室であつた。白熱する仕事が生きつづけてゐる隠者の室
であつた。
壁には、二歳ばかりの女の子を膝に乗せた、
美しい婦人の肖像が微笑してゐた。その顔は
殊にその瞳は、さつきの少女によく似てゐた。
その肖像の周りには褐色の、蔦の枝が懸つてゐた。
大きな厚い机の上に、私の愛する二三の詩人の作品を私は見た。
それが初対面の老人との話のいとぐちであつた。
それはグレコの描いた男の像を思はせた。
しかし両つの瞳が熱く若々しい光を帯びて、
それは明らかに、美しいものを見る習慣をもつ眼であつた。
ごましほの短い髯に包まれた口は、澄んだ調子の高い声で話した、何処
のなまりか私には解らぬなまりのある言葉を。

この初対面の老人の、「グレコの描いた男の像」を思わせる顔とありますが、これは言うまでもなくエル・グレコのことです。スペイン語で「ギリシァ人」という意味ですが、彼はクレタ島の生れで、イタリアに渡り、さらにスペインに赴きました。トレドにいまも彼の屋敷が残っています。十六、十七世紀のバロック期の代表的な画家の一人ですが、片山敏彦はエル・グレコの絵が好きだったようで、ときどき作品のなかにこの画家への言及があります。率直に言うと、私はあまりこの画家が好きではありません。眼軸がどうかなっていたのだとよく言われますが、画面のなかに大きな歪みがあります。どの画面でも何かしら空間がよじれて螺旋を描いています。非常に立派だとは思いますが、好き嫌いの問題はまたべつですね。

ただここでは「グレコの描いた男の絵を思はせた」とだけ書かれていますが、これはかなり特定できる人物画であろうと思っています。ここに絵葉書を持ってきましたが、この絵はルーヴル美術館のスペイン絵画室に置かれているもので、この画家の描いた《聖王ルイ》と言われているルイ九世の肖像画です。

「それはグレコの描いた男の像を思はせた。／しかし両つの瞳が熱く若々しい光を帯びて／それは明らかに、美しいものを見る習慣をもつ眼であった」と登場人物について言っているのですが、おそらく片山敏彦が老人と重ね合せに想い描いた男の絵は、ほぼ九分通りこれに間違いないだろうと思います。その根拠を話しますと、これは十三世紀のはじめに亡くなっている、フランスでカトリックの人びとに「聖王ルイ」と呼ばれているルイ九世の肖像ですが、この王は最後の十字軍遠征に出向いて、遠征先で病死しています。ですが、そういうことよりも、おそらくフランス人にとって重要なのは、パリのシテ島の、裁判所の左側を奥に回り込んだところにあるサント＝シャペルがルイ九世によって建立されたということでしょう。このお堂の、狭い階段を上って二階にあがったときに目に飛び込んでくるステンドグラスの見事さは、それこそたとえようもないほどのもので、霊的な宝石箱とでも言ったらよいでしょうか。ステンドグラスといえば、このサント＝シャペルのもの、それからパリから一時間ばかり電車に乗っていった先のシャルトル大聖堂のもの、さらにもうすこし離れたところのブールジュという町の大聖堂のもの、これらがステンドグラスとしてはおそらく最高のものと思います。

どういうわけか時代を下るとステンドグラスは色が悪くなります。たとえばシャルトルの大聖堂は一度火災に遭っているのですが、そのときに奇蹟的に焼け残った十二世紀のステンドグラスがひとつ、右側の回廊を通って、奥にかなり近いところまで進んだときに《美しきガラス絵の聖母》というのがあって、それは昔の青のいろをそのまま留めて、「勿忘草《ミオゾティス》の青」などと呼ばれ、とりわけ美しいものです。そこでも他のステンドグラスは十三世紀からのもので、いずれも非常に精巧にできていて、まだとても美しいのですが。パリのサント＝シャペルの、とりわけ二階に上がると、いつまでもそこにとどまっていたくなり、立ち去るのに勇気が要ります。

片山敏彦と結びつけると、彼はまえにも申しましたように、ロマン・ロランに非常にかわいがられた人です。ロマン・ロランは片山がヨーロッパに赴いた時期（一九二九年〜一九三一年）には、スイスのレマン湖畔の村ヴィルヌーヴにいました。第一次世界大戦のときの反戦論者としては非常に数寡ない一人としてその名が残っていますが、そのため、フランス国内では、彼にたいして「売国奴」という言葉がよく使われました。ナチスになるまえの帝国時代のドイツですが、そのドイツに味方したとか、自国が挙国一致体制を取っているなかで、それに反対したからというわけです。彼にしてみれば、戦争によって犠牲になるのは戦争を主導する者たちではなく、結局交戦諸国の民衆なのだという立場を貫いたのですが、そんな状況下で、親しい友情を結んだのがヘルマン・ヘッセでした。ヘッセはドイツの側からやはり反戦の立場を貫き、同様な非難を浴びた詩人です。彼もスイスに身を寄せました。

また、ロマン・ロランの妹さんのマドレーヌ・ロランは生涯を兄の傍らで仕事を扶けて過した女性ですが、彼女がパリに出てきたとき、片山敏彦を誘ってサント=シャペルを一緒に見に行ったようです。

このことも片山にはよい想い出になったことでしょう。また、ロマン・ロランが書いた幾つもの戯曲の一篇、若いときの作品の一つが『聖王ルイ』というタイトルのものであり、片山はそれもとても好きで、自ら訳を手がけています。こうしたことを考え合せてみると、いろいろな想念がサント=シャペルとか、ルイ九世とかそういうところに磁石のように吸い寄せられてゆくということがありますので、わざわざこの詩篇のなかにエル・グレコの絵を登場させるのは、当然聖王ルイ、ルイ九世の肖像であろうと思うわけです。

さて、この長篇詩の〈Ⅳ〉から〈Ⅵ〉に至るまでは作品の重要な部分であり、若いときの私自身が詩というものはこんなことまで表現することを可能にするのかと感嘆しながら読んだところです。

Ⅳ

窓際の樹に雨が鳴り、けたたましく数羽の鳥が樹の枝から窓の縁に下り
そのうちの二三羽が、笛を吹くやうにさえづりながら室内に飛び込んで
老人の頭の周りで二三度輪を描くと
また窓から出て行つた。
私は早や数分の以前から、その老人を初対面の人とは思へない気もちに
　なつてゐた。
此の老人は何者か、さつきの少女はこの老人の娘なのか孫なのか？
——なぜならそれが此の老人の妻だとは思ひがたいところがある。

そんな人並みの好奇心が私の心の何処かに起こりはしたが、それよりも眼の前に見る其の人の、未知の精神が何故か私には親しいものに思はれたのだつた。

私は世の中から遠く離れたやうな気がしてゐた。急に時間の渦巻が密度を増して

昨夜見た夢の中の少年の微笑も、何か過去のこととは思へなくなつてゐた。

こんな言い方で、自分の身と心を置いている空間の質が変化したことを彼は述べているわけですね。もうすこし後に、片山があるフランス作家をヴェルサイユに訪ねたときの印象に触れますが、いまはこの件りを記憶しておき、さらにつづけて読んでみましょう。

私は思ひ切つてその人に、ぶしつけに感じたままの感想を思はず口に出した。

私は老人の微笑を見た。しかしその唇に私のおそれた苦がい皮肉は見られなかつた。

彼は書棚から、一冊の本を持つて来て私に示した。

それはファン・エックの画集であつた。彼は一人の男の肖像を示して言つた――

ここから老人の言葉がずっと繋がってゆくわけですが、ファン・エックという画家についていては、また後でグリューネヴァルトが出てきますが、すこし説明が必要かもしれません。ヤン・ファン・エックは十四世紀の終り頃から十五世紀にかけてのフランドル派の代表的な画家です。ベルギーのフラマン語圏であるわけですが、フランス語でガン、フラマン語でヘントと呼ばれる古い町があります。ベルギーの北部に観光都市として有名なブリュージュという運河の張り巡らされた美しい町がありますが、首都ブリュッセルからそのブリュージュへゆく途中にガン（ヘント）の町があります。小さな町ですが、ここの聖バフォン教会に、《神秘の仔羊》と呼ばれる二段六面の祭壇画があるのですが、これはファン・エックのもっとも代表的な作品です。上段にはキリストの像を中心に、左右のパネルには音楽を奏でる天使たちが描かれ、下段には生贄の仔羊と合掌している人たち、あるいは聖職者たちのグループ、騎士たちの部分が描き分けられています。この祭壇画をナチス・ドイツが特に欲しがっていたのですね。それでナチスのベルギー侵攻のときにそれが持ち去られて、のちに五つの部分はオリジナルが戻ってきたのですが、一枚は何処へいったか結局わからず、後のもので繕われています。このことについては、カミュの最晩年の小説でも触れられています。ヘント以外にも観光の序でにブリュージュに行かれたら、そこの美術館にもファン・エックの小ぶりな作品ですが、傑作が幾つもありますから見ることは可能です。それがファン・エックですが、この絵によって、老人は〈見る〉ということについて語りはじめるわけです。

「此の画家は深く視てゐます。深く視ることの大切さを、此の画家は教へます。

敬虔に、真実に見るとは、ヴィジョンを以て深く視ること、そして深く視ながら自分が、見る対象へ転生することです。
美とは、その転生に伴つて発する火花です。
その火花は、見えないもの、不滅なものの反映です。使者です。そして
人間は誰にでも
さういふ火花の可能性は宿つてゐます。しかし多くの人々は
この可能性にみづから気づかない。又それを無意識のうちに恐れもしま
す。なぜなら、
それを呼び覚ませば、いはゆる
現実的生活にとつての不便な、一つの運命をみづから作ることになるか
らです。
しかしこの火花に映る初源の像の
追憶の世界から眺めると、実に多くの現実的なことがらが
却つて幻影の動きのやうにも見えて来ます。
幻影《マーヤ》とは、みづから欺くことを楽しむ
巨大な存在です。それは、死の入口で
柱列のやうに折れて倒れる世界です。

私が若かつた頃に、一人の女占ひが
私のたなごころの筋を見ていひました――
『死への怖れが、死への讃嘆に転じてゆくことが、あなたの運の特徴です』
と。」
初めて逢つた私に、気を許したためか老人は
こんなことをぽつりぽつり話すのだつた。

「死への怖れが、死への讃嘆に転じてゆくことが、あなたの運の特徴です」とある占い師が言ったというようなことを語るわけですね。ここで〈見る〉ということについて、問題を提起しているのですが、同時にそのときにも気が付いていて、いまでも大事なことを言っているなと思うのは、「この可能性にみづから気づかない。又それを無意識のうちに恐れもします。なぜなら、／それを呼び覚ませば、いはゆる／現実的生活にとつての不便な、一つの運命をみづから作ることになるからです」というこの数行です。この部分は作者に重ね合せて言えば、片山敏彦という詩人自身、現実生活にとって不便な、あるいは不幸なひとつの運命を自分のものとして引き受ける決

意をした詩人だったと思います。また、詩人であるということには、それだけの決意が必要だと彼は考えていたということが、若いときの私にもそう感じられて、何かしら一種の戯れ言ではない詩人の在り様として考えなければいけないと、ある意味で、自分自身をも追い込んでゆくということがありました。この〈見る〉ということがこのあたりの重要な点です。それで〈V〉に移りますと、つぎのような詩行が綴られてゆきます。

V

遠い山の頂きを走る白い雨足が見えた。
しかしあたりの空気は明るくなり
鳥の歌がふたたび聴こえ始め
枝の露はレース細工のささべりに似てゐた。
老人は私については何も尋ねなかつた。
ただときどき瞳を挙げて私の眼を見つめた。
私は彼が、私の垣間見た或る精神を、少くとも幾らか生きてゐる人だと感じた。

ここで老人に招き入れられた〈私〉は、自分と老人とが謂わば精神的な何かを共有していると感じているわけです。

その両手は瘦せてはゐるが頑丈な力づよいものにみえた。それは、精神に従ふ豊かな活動の経歴を持つてゐる手であつた。或るときはペンを、或るときは剣を、或るときは愛撫を、その手は閲したことを思はせた。

「閲する」という語は普段あまり使われませんけれども、要するに「経験してゆく」、「いままで経験してきた」ということですね。それで、そこから老人はガラスの箱に収められた蝶の標本を持ってくるわけです。「それは一羽の大きな青い蝶だ」と言い、その蝶の翅の紋様を眺めながら、老人が「何のためのこの美しさでせうか?/また、誰のための?」と言って、ひとつの重要な考えを述べはじめます。

その手は今、仄暗い室の片隅から、慎重に
ガラスの箱を持つて来て私の前に置いた。
死への怖れを、死への讃嘆に転じる運命のしるしを持つその手は
箱の中の脆い何ものかを私に指し示す。
それは一羽の大きな碧い蝶だ。——生きてゐたときの
最も輝かしい瞬間の姿のままに、ひつそりと
死の眠りを眠つてゐる蝶だ。

からだに附けた宇宙の紋章
太陽のやうな、月のやうな、星のやうな光の眼が
碧瑠璃の翅の上にきらめいてゐる。
「何のためのこの美しさでせうか?
また、誰のための?」——と老人が言ふ。
「私はこの蝶を、折に触れて眺め、それを考へます。
小さいもろい自分のからだに此の蝶は

宇宙に似ようとする本能を持つてゐたやうに見えますね。
毛虫から転生するその過程のとき、この蝶のかくれた本能は
夜の草から吸う露に、星々への回想を溶かして
それを、青空の色にして、翅へ立ち昇らせたやうに見えますね。
これは字のやうです。また絵のやうです。
また音楽の秘密も、此処に無いとは言へますまい。」

このあたりも、この詩篇がもつ意味深さを理解する上で、とても大切なところですね。そして、〈Ⅵ〉へゆきますと、老人の言葉がさらに深さを増してゆくように思われます。

Ⅵ

私は驚いて奇妙な老人を見つめた。
しかし唯の変人とは言ひ切れないものが彼の身振りにあらはれてゐる。
すると老人はしづかに言つた。——

「時間や、空間や、魂の本質や、宇宙の本質についてわれわれ人間の持つてゐる考へは、まだ随分粗大なもののやうです。

たとへばあなたが昨夜夢を見て、その夢の中に一つの微笑を見たとする。

その微笑の美しさは、最も上等のシャンパン酒以上に一瞬間でもあなたを幸福にしたとする。

さて此の幸福の秘密の本質を、あなたに充分に説明するだけのどんな知識と科学とを我々は持つてゐるのでせうか?


これは冒頭の夢のなかで出会ったあの子どもの「微笑」ですね。同時に、このあたりのところはいまの、私たちの時代の科学万能への信頼にたいする、ある意味で非常に厳しい批判の言葉とも取れます。

もちろん科学はその経験と実験との効績に於いて人間の一つの誇りを実証しました。
これは否定のできぬ人間の富です。然し
人間の魂の現実の探究は、思へば驚くばかり遅々としてゐます。

人間を人間たらしめる理由の把握が、技術の酔心地にかくされてゐます。
だが、この丘の小屋から見てゐると、あちらこちらに
互ひに何の縁も無ささうに、然し本質に類縁を示しながら
創造的な魂の予兆が眺められます。
その類縁——それは一層広大な、魂に〔の〕現実へのめざめです。

この最後の詩行はオリジナルのテクストでは「魂に」と書かれていますが、おそらく「魂の」の誤りだと思われるので、〈の〉として入れておきましょう。

さて、老人が碧い美しい蝶を取り出して、その蝶についての見解を述べはじめるのですが、いかにも脆い自分のからだに「此の蝶は宇宙に似ようとする本能を持つてゐるたやうに見えますね」と言い、〈見る〉という行為を通して、その主体であるものが〈見る〉という行為の対象に転生することと、それがほんとうに〈見る〉ということだというわけです。また、老人の言葉は、科学の成果というものが慥かにこんにちの人間のひとつの誇り

ではあるけれども、それに対して、私たちの「魂の現実の探究」は「思へば驚くばかり遅々としてゐます」と言っています。ほとんど現在の私たちの世界の現実と同じことを遥かな昔に、片山敏彦は言っているわけですね。そして、作中の老人の言葉を借りれば、「だが、この丘の小屋から見てゐると」、何かしらそうではないものも出てきているというわけです。その表現のなかには、詩人片山敏彦の窮極的な願望が潜んでいるように感じられる部分です。

体験的事実への敬念が元となつて
存在の根本的矛盾を恐れなくつかむところから
あたらしい諧和が、心情と理知と、構想と行為とのあひだに生まれるのでせう。
そして、その諧和とは、より高い魂的体験に反映する、或る神々しい予感であるのだから、
そこに生れる統一と秩序との考へは
一層の厚みとしなやかさと、そして豊かさとに裏づけられるはずです。

人間が神に成るのではないが、生の中核に、
神性のあたらしい反映が見られ、それへの人間のつながりに拠つて、人
　間の
幸福に対する、運命に対する、功利的な仕事の目的に対する
態度が変はり、したがつて死に対する態度と
空間、時間に対する考へもまた変はるやうになるでせう。
いや、実は、変はるのではなく唯だ、厳存するものに対する
人間の態度が幾らか深まるだけです。
そして態度の深まりとは、体験される魂の現実の統一態の拡大です。
魂の現実は、あらゆる天体に似て
いはば球体なのです。
だから上昇も下降も、螺旋のかたちになるのです。」

風変りな老人はこんなふうに夢中になって、自分の考えを展開してゆき、
こうしてこの長詩は終りに近づくことになります。

Ⅶ

とつぜん彼は言葉を切つた。すると急に
そのグレコの人物のやうな痩せた頬に紅らみがさして
老人は羞みの微笑を示し、そして言つた――
「ごめん下さい。私は、人と語る機会が本当に少いものですから。
初めてお逢ひしたあなたに思はず愚論を述べました。
私はたいへん孤独に暮してゐるものですから。」
私は言つた、今日の驟雨が、思ひもかけぬ訪問の機会を恵んでくれたことを
感謝せずにはゐられません、と。
そのとき、少女が無言のうちに
虹の色の着物を着て茶を持つて来た。
私は何処かで見た顔だ、と考へた。さうだ、グリューネヴァルトの画の中の少女なのだ。
「菩提樹の葉のお茶ですが」と少女が言つた。

日本では乾燥させた菩提樹の葉や花を普段お茶に使う習慣はあまりないと思います。フランスでは、菩提樹とか、ミントとか、カモミールとかのお茶をよく使いますね。ヨーロッパでの菩提樹は小さなチラチラとした花で、インドのお釈迦さまに縁りの菩提樹とは種類が違うようです。これはシューベルトの歌曲にうたわれるほうの菩提樹です。

さて、グリューネヴァルトですが、アルザス地方のコルマールにこの画家の恐ろしい絵があります。いつだったか、ボヌフォワとその絵の話をしているときに、グリューネヴァルトの《キリスト磔刑図》ですが、「誰でも一度は見にゆくけれども、二度は行かない」とかなり強靭な精神を持っている彼が言っていました。肉体の死とか、恐怖とか、残酷さとかそういったものの一切を、グリューネヴァルトはゴルゴタの丘の上の情景として、これ以上ないというような、ある意味では、凄まじい絵として描いたわけですけれども、そして、グリューネヴァルトは十五世紀終りから十六世紀初頭にかけての画家ですが、その祭壇画には、この詩での表現に該当するような少女は描かれていませんから、片山敏彦はそれとは別の絵を考えているのでしょう。いずれにせよ、グリューネヴァルトという画家には、たんにものを見ることの精確さとは違う種類の厳しさ、何か人間の烈しい苦痛とか、耐えなければならないおぞましさとか、そういうものをそのままに精確に表現してゆくという凄まじさがあります。
それでは詩篇の最後のところに進みましょう。

＊

遠雷の音に眼が覚めた。
雨は止んで菩提樹の枝から雨だれが燦いて落ち
向ふの山には、かすかな虹の輪がかかつてゐる。
背後を見ると人の居るけはひのない山小屋の扉には
蔦の葉が揺れて、それも雨の雫をこぼしてゐる。

この五行が置かれていることで、これまでの情景の全体が、この詩人が木蔭に雨宿りして夢をみていたことの内容なのだということがはじめてわかってきますね。そして、この、〈私〉の夢想なのか夢なのか、そのなかで老人に出会うということの全体が、その言葉をも含めて、言い換えれば、老人の部屋に入っていったということ自体が、ある意味でいうと、このときの詩人の心の内側に読者を案内していったのだと考えることも可能なのかという推定になってきます。そして、老人の口を借りて彼が自分のそのときの思いを物語風に仕立てたと読むこともできます。私自身も、そのように読み、そういうふうに受け取っていました。そして、日本の詩というジャンルでそれまで読んだことのないものに出会ったという想いがしたわけです。

そこで、こんどはもうすこしこの作品の周辺のところから吟味を加えてゆきたいと思います。

片山敏彦は一九二九年四月に日本郵船の榛名丸に乗船して、六月にマルセイユに着き、それから二年ばかりヨーロッパに滞在するわけですが、パリに滞在してすぐに、当時スイスにいたロマン・ロランに会いに行ってもよいかと手紙を出し、ロマン・ロランからの返事で、まずは誰それに会うといいと勧められるわけです。そのなかの一人に、二十世紀フランスの作家、アルフォンス・ド・シャトーブリアン Alphonse de Chateaubriant がいました。十九世紀にも同名（Chateaubriand）の大きな作家がいますが、綴りがすこしだけ違います。この作家はロマン・ロランよりはほぼ十歳年下でしたが、非常に親しく、あるときはロランが共同で一冊の本を仕上げようと考えたほどでした。

片山はヴェルサイユにこの作家を訪ねて、大きな感銘を受けたようでした。そこからの帰途、列車に乗ったときに、それまでまるで自分が別世界にいたように感じたと日記に記しています。詩のなかの、老人の部屋を連想させることですね。

そのとき、シャトーブリアンは積み上げられた厖大な量の原稿を指して、「このなかからやがて一冊の本ができる」と片山に語ったそうです。

フランス語がすこしできるようになった段階で、ロマン・ロランとの関係もあることで、この人のものを読んでゆくうちに、私は『主の応え』(*Réponse du Seigneur*) という小説に行き当って、これは片山敏彦の「草に埋もれた家」の原型かもしれない、あるいは照り返しをこの詩篇が受けているのでないかと、かなり大胆な考えでしたが、そうではないかと無礼とは思いましたが、直接、片山敏彦に訊いたことがありました。すると、「そうです。君はシャトーブリアンの『主の応え』を読みましたか」と応じられ、私は「はい」と答えたのです。『主の応え』は私の好みからすると最高に興味深い作品だと思うのですが、ごく簡単な筋書きをお話しすれば、こんなふうです。この作家はブルターニュの生れですが、作品自体もブルターニュが舞台になっていて、ある旅の若者が森を彷徨っているとき、ひとつの城に迷い着きます。そして、この城に住んでいるド・モーベールという老人が応対してくれる。賢者でもあるこの人物は中世のテンプル騎士団の末裔ということになっています。

ふたつの作品の設定が非常に似ているのですが、若者はド・モーベールと話しはじめます。やがて、城の主が蝶の標本を若者に見せ、また一枚の木の葉を示し、それらがいかに似ているかを不思議に思わないかと問うわけですね。そして、そのことを通して、ある存在の真実といったことをド・モーベールが打ち明けてゆく。この小説では、それはけっして登場人物の夢ではないのですが、こうした点で両作品には設定のなかでもきわめて似たところがあります。

時期的に照合してゆくと、たぶん片山敏彦がシャトーブリアンを訪ねたときには『主の応え』という作品はまだできていなかった、そして、片山がヨーロッパから戻った後に出版された作品ですが、私は偶々手に入れたもので、シャトーブリアンの肖像や写真が幾つも見られたので、それらを見たときに、おそらく「草に埋もれた家」のなかの不思議な老人、これにもヴェルサイユの作家に会ったときの印象が重なったのだろうと思ったわけです。シャトーブリアンという作家自身は、そのときには隠者のように暮しているようなところが確かにあり、この大きな作品と小さな詩の間には幾つも似通いがあります。おそらくこの作家からの何らかのインスピレーションがあったと思われるわけです。

そこまでのところで言うと、ごく自然にあり得ることでもあるし、同様に、私のなかに片山敏彦の影響を探してゆけば、きっとたくさん指摘されるだろうと思います。

ただ、その後に、片山敏彦とシャトーブリアンの間にどういう運命の作用によってか、大きな相違が出てきます。これは重要なことです。その、大きな違いはこんなふうに考えられます。つまり、片山は詩のなかで、すでに検討したように、あるものの見方、一人の人間の存在とか、宇宙とかいうもののなかに何かしら聖なるものを見て取るような、それはおそらく誰にでも可能なことだけれども、しかし、そのことに自覚的になると、それによって、現実というものにたいして必ずしも都合よくはゆかない運命を引き受けなければならなくなるというふうなことを老人に語らせていきます。ほとんどそれ自体を、彼は自分の運命として戦時に引き受け、なお戦後にもその在り様を押し通して生きています。そのために、彼は日本の所謂詩壇のなかでは、ほとんど孤独な詩人としての生涯を過していると言えます。

シャトーブリアンという作家も同様のことを言っていたのですが、ここからは、私がこれまで幾度か二十世紀のヨーロッパ、とくにフランスを中心とした精神風土の変遷にさまざまな面から興味をもって話してきたことを考え合せながら問題を拾ってゆきましょう。

ロマン・ロランとアルフォンス・ド・シャトーブリアンが、非常に調子が合っていたのは第一次世界大戦までのことでした。その大戦にシャトーブリアンは従軍するわけですが、他方、ロマン・ロランは反戦論者ですから、そこでまず道が岐れてくるわけですけれど、それにも拘らず、ロランはシャトーブリアンに親しみを込めて手紙を書きつづけます。シャトーブリアンからは返事がこない、という状態になってゆきます。両者がともに親しくしていた非常に知的なルイズ・クリュッピという女性がいるのですが、そのクリュッピ夫人を通してシャトーブリアンの様子を打診したりもするのですが、依然として返信がない。その後、シャトーブリアンはその戦争を通して——つまりそれは『主の応え』よりはずっとまえの、一九一八年秋にすでに戦争は終結していましたから——、ひとつの結論を得たわけです。戦争そのものは悲惨極まるものでした。さらに戦後のフランスの精神的状況を彼は混乱と荒廃とのなかに見ることになりました。ダダやシュールレアリスムの時代は彼にはそんなふうに思われたのです。

精神の鬱屈と欲求不満、荒れ果てて、何も生産しないで、狂ったようで、秩序はいささかもそこに立ち上げられない。そして、品位もなく、人間の剝き出しの欲望や、「無意識の探索」などと言っていても本能的な衝動のままにと、彼にはそんなふうに見えたのです。結論として、カトリックの立場が彼には唯一の拠点と思われたのです。他にも状況をそのように受け取った作家がいます。ジョルジュ・ベルナノスがそうでした。

それでもロマン・ロランとの関係は取り戻したものの、彼にとって、決定的に不幸だったのは一九三二年にライン河を越えて旅をしたことでした。謂わばそれは最悪のタイミングでした。非常に規律正しい秩序が、新しい社会を作り上げようとしているというふうに彼の目に映ってしまったということです。それもわからないではない。フランスでは社会的規範というものが打ち壊されて、そこに新しい精神のがらくたみたいなものが乱雑に並べられているだけだ。シャトーブリアンの見方からすると、フランスには何も育っていないわけですね。その時に、彼はドイツに行った、ナチズムの抬頭の目覚ましいドイツにいて、何とみごとに秩序が保たれていることかと、それが新しい一種の精神性に見えたのでしょう。大きな思い違い、大きな錯覚でした。同様な状況では、私たち自身にしても、うっかりするとそうした罠に陥ることがありそうですが、シャトーブリアンはまさにその罠に引っかかったということです。

ですから、ほんとうに何を見るかという私たちの視力の鍛え方がとても大切なのですが、シャトーブリアンはそういう経過を経てきたために、やがて第二次世界大戦が勃発したときに、まったく誤った政治的立場を選択することになりました。フランスではよく「コラボラトゥール」(collaborateurs)という言葉が使われますが、これは普通には「協力者」という意味ですが、べつに「ナチス・ドイツへの協力者」という意味を持っています。フランスが早期に敗北宣言をして、第一次世界大戦のときの英雄であったペタン元帥の対独協力政権をヴィシーという山のなかに打ち立てたわけですね。他方で、対独徹底抗戦のド・ゴール将軍のほうはロンドンに亡命政権を樹立し、絶えずラジオ放送でフランスに向けて「フランスは敗れていない」という呼びかけをしていたわけです。かつてシャトーブリアンは隠者のような生活をしていたのに、ヴィシー政権のなかでは、親独派の精神的中枢のような役割をしました。ですから、戦後の裁判で彼は死刑の判決を受けましたが、逃亡し、最後にはオーストリア・ティロールの山中で隠れるようにして亡くなりました。

それで、『地下の聖堂 詩人片山敏彦』のなかでも触れておきましたが、片山は戦時中に、――「朝日や読売の紙上で此頃フランスの作家アルフォンス・ド・シャトーブリアンの名をときどき読むたびに私には感慨の深いものがある。彼は作家として日本へ伝はらないうちに政治評論家のやうな感じで此頃の新聞紙上に名前が伝はつてゐる。現在のフランスは、あの熱烈真摯な仙人のやうな作家に、精神的方向への示唆を求めてゐるらしい。現実といふものは全く予想もつかぬ劇を演ずるものだといふ気もちが私はする」(『心の遍歴』一九四二年・中央公論社刊)と述べています。当時の、ジャーナリズムがロマン・ロランやサン゠テグジュペリやシモーヌ・ヴェイユではなく、ドイツとの関係のなかでシャトーブリアンをフランス知識人の代表のごとくに取り上げようとしていたと指摘されていることも興味深く思われます。

序でに、今日はここに面白い本を一冊お持ちしました。私がシャトーブリアンについて興味をもっていて、だからこそ手に入ったものですが、これはシャトーブリアンの『主の応え』のフランスでの初版限定本です。べつの意味で、運命というものは面白いものだと思いますが、この本は著者がある人に感謝を込めて献げた署名本です。なお興味深いことに、その相手への本人の直筆書簡が二通この本には挟み込まれていました。私が知り合ったパリの古書店主が「あなたに面白いものを見せようか、欲しければ安くていい」と言って譲ってくれたものです。シャトーブリアンの筆蹟はとても美しいですね。彼がこの本を出したのは一九三三年、いまからほぼ八十年ぐらいまえに彼が書いた書簡がこんなにきれいなまま私の手許にまで回ってきたというわけです。興味がおありの方は後ほどお手に取ってご覧ください。

それで、最後の五分ばかりでゲーテの「浄福的な憧れ」(Selige Sehnsucht) という短い詩に触れておきたいと思います。これも私が十代の終り、片山敏彦と知り合ったすぐの頃に、片山の『ドイツ詩集』という本で読んだものでした。この本は彼の手になる翻訳詩をたくさん紹介しながら、中世以来のドイツの詩の流れを辿っていますが、私がはじめて手にしたものは戦後すぐの刊行で、まだ版権の問題などがあって、ゲオルク・

トラークルやリルケ、ヘルマン・ヘッセ、ハンス・カロッサなど二十世紀の詩人たちは含まれていませんでした。その後、一九五四年に刊行された新潮文庫では、それらの詩人たちの訳詩も、それについての言及も含まれています。

それではゲーテの最晩年の詩を一篇片山敏彦訳で読んでみましょう。

浄福的な憧れ

このことは誰にも言はず、ただ賢明な人たちにだけ語れ、
大衆はすぐに嘲るだらうから。
炎に飛び入つて死ぬことを憧れる
まことに生きるものを私は頌めたい。

お前を産み、お前が産んだ
愛の夜な夜なの涼しさの中で
しづかな蠟燭の灯が輝くと

お前はふしぎなあこがれに襲はれる。

闇の暗さにとらはれて
お前はじつとしてゐることがもうできず
心は駆り立てられるのだ、
更にけだかい結合への　新しい欲望に。

どんな遥かな道をも敢へていとはず
お前はひたすらに飛んで来て
明りを欲しがつて　最後には
焼けて死ぬ、お前　蝶よ。

「死ね、そして成れ！」――このことを
お前がまだ体得しないあひだは
お前は　ただ暗い地上の
陰気な客に過ぎないのだ。

このような詩ですが、これを片山敏彦の『ドイツ詩集』のなかに見つけて、ある意味で、これまで話してきたことと繋がるような、つまり個別の存在の死がさらに大きなもののなかへの蘇りに他ならないのだという考え方ですね、それを私は自分の衷の問題と結びつけて理解してみたのです。原詩のなかの〈Stirb und werde !〉という表現を自分の護符のように感じていたものです。私はそのときまだ大学一年ぐらいで、ドイツ語も漸く初歩がわかる程度でしたが、この詩に行き当ったときに、もちろん読んでいた詩は外国語のものばかりではありませんでしたが、詩というものの領域が拡げられて、私たちの存在とか、時間とか、運命とか、愛とかが抽象的なものではなしに、詩のなかに表現を得ることが可能ではないかと予感しました。

遥かな昔のことを想い出しながら今日の話をこれで終りにさせていただきます。どうも有難うございました。

片山敏彦 三

前々回から、私の辿ってきた詩の道を振り返ってということで、私の本格的な詩作の発端となりました片山敏彦との出会い、その詩人の若い時の重要な作品、またすこし長い詩篇ですが、「草に埋もれた家」について、二度目に触れさせていただきましたが、片山敏彦については、今回が三回目で、これでともかく終りにしようかと考えております。

一九五〇年春に、はじめて先生の荻窪のお宅を訪ねて、それからすぐにとても親しい関係がつくられていったわけですが、前にも触れたように、当時の日本では、あのおぞましい戦争に汚れなかった詩人や思想家を、ジャーナリズムもじつに変り身早く捜しはじめていて、おそらくそのために、非常に多くの仕事を片山敏彦に促したということがありました。詩人のすぐ傍らで見ていますと、その後のジャーナリズムの彼にたいする対応の変化もまた非常に早かったという感じが私には残りました。

ほどなく朝鮮戦争が始まり、世界が二極分裂し、いわゆる東西冷戦の時期に入ると、つぎの大戦がいつ勃発するかわからないという危惧も生じましたし、国内でも、一方では前の戦争の時に抑圧されていた思想の、いわゆる左翼的な部分というものが非常に大きな運動を展開してゆきますし、他方ではそれにたいする巻き返しみたいに、昔からの戦前の、あるいは戦中の流れのようなものが息を吹き返してくるわけです。そのなかで、片山敏彦のような詩人はというと、彼は、私が若いなりに見ていても、この人はジャーナリズムが必要としている存在ではないと見られているようでした。

彼はけっしてコミュニズムに同意しないということ、また、それだからといって旧い権威の人脈みたいなものに関わってゆくわけでもない、そうするとそのことが新しい孤立の状況を彼の周囲にとてもはやく生じさせてゆく様子が私にも見えていました。それでもそのほうがよかったとは思いますが、彼は自分の考え方を曲げられない。それでもそのほうがよかったとは思いむしろ孤立してゆくことを選ぶような人でした。意図に反して妥協するよりは、私が片山邸を訪ねるようになった当初は、来客も多かったようですが、次第にそれが遠のいてゆく感じもはっきりと覗われました。

一九五六年の夏に、蓼科で仕事をされていた片山敏彦に誘われて、そちらに寄せていただいたことがあり、一緒に草原に坐って絵を描いたり、七月二日に、その日がヘッセの誕生日だということで、スイスの詩人に宛てて寄せ書きを書いたりした想い出があります。それはとても楽しい時間でした。そして、その夏も過ぎ、当時はみすず書房の企画によるロマン・ロラン全集の翻訳の仕事をつづけておいでになったのですが、秋の初め、九月に唐突に片山夫人が一晩のうちに心臓麻痺で、お寝みになっている間に、亡くなってしまわれました。心臓がすこし弱いということは知っていましたが、この方は上野の音大出の声楽家で、結婚されるまでは武蔵野音大で教えておられたそうです。この夫人の唐突な逝去は片山敏彦にとっては大きな精神的打撃でした。告別式当日に支度をされた先生が玄関で、奥に向かって、「愛子、行ってくるよ」と言われたのですね。「愛子」は奥さんのお名まえなのです。ご自分がごく普通に、いつものように言ってしまわれたのでしょう。それからの五年間は家庭のなかでもとりわけ寂しさの深い歳月となったように私には思われました。

さて今日は、お話のとっかかりとして、『アリアドネの糸』という本からの小さな詩を扱うことにします。これは片山敏彦が亡くなった後に刊行されました。刊行したのはみすず書房で、片山には息子と娘がいましたが、それとごく親しかった友人たちとで、残された資料をいろいろ整理してゆくと、「アリアドネの糸」と標題の付されたノートがあって、これは何かしら本人に発表の意図があったのかもしれないということで、刊行されることになりました。

「アリアドネの糸」というタイトルはもちろんギリシァ神話のアリアドネの話に由来するものです。アリアドネに関しては改めてお話しするまでもないかもしれませんが、東地中海のクレタ島にクノッソスの迷路の宮殿というものがあり、これは遺跡としては現在も遺っています。私も機会があって、二度ほどそこを訪れたことがありますが、神話のなかでは、ミノス王が捷利の代償として、アテナイにたいして、貢物として若い男女を差し出すようにと要求するわけです。男性のほうは迷宮の奥に住むミノタウロスという半ば牡牛、半ば人間である怪物に捧げられるのですが、こうした犠牲があまりに長くつづくものですから、アテナイの若い王子テセウスがこんどは自分が犠牲の一人となってクレタに赴き、ミノタウロスを打ち負かしてくるというわけです。

テセウスがクレタ島に上陸したとき、ミノス王の娘であるアリアドネがこの若者に一目惚れしてしまいます。そして、テセウスに「あなたが闇の迷路を辿っていって、ミノタウロスに勝てるという勝算はほとんどないし、彼に勝つことができても、迷宮に迷い込んでしまったら、もうそこから出ることはできないわ」と言います。

ミノス王の娘ですが、一目惚れの弱みというのでしょうか、テセウスが戻れるようにと、赤い糸巻きを彼に渡して、「この糸の端を出口のところに結びつけておけば、生命ながらえたときには、この糸を手繰って外に出ることができるわ」と彼女は言います。こうして王子は半人半獣の怪物を屠った後、迷宮からの脱出に成功したわけです。さらに後の話では、テセウスがクレタ島を立ち去った後、アリアドネは彼のあとを追うのですが、可哀そうなことに、ナクソス島に置き去りにされてしまいます。これを題材にして、リーヒャルト・シュトラウスがオペラを作っています。

ところで、この「アリアドネの糸」というタイトルを片山敏彦が選んだことはどんな意味をもっているのか、その理由を私なりに考えてみて、結論として間違っていないと思いますが、その一つは、世界そのものが片山敏彦にとっては、ある意味で、一種の迷宮に思われたのかもしれないということ、もう一つは彼自身の心の衷も、やはりそういう意味で、迷路の空間かもしれないということです。これは余談ですが、クレタ島のクノッソスの遺跡に行ってみたときに、それは小高い丘の斜面にできているために、面白いことに、ある一つの入り口から内部に入ってゆき、つぎつぎに二つくらいも階段を下りてゆくと、ですから深い地下になるはずなのですが、その地下を横に辿ってゆくと、唐突に外のひろがりが明るく見えてしまう。丘の斜面ですからそうしたことが可能なのですが、面白いですね。また、ある一つの部屋の壁に窓があって、窓から隣の部屋が見える、ところが隣室に行くために、廊下に出ても、すぐには隣の部屋に入ることができない。どのようにか、ずいぶん回廊を回った果てに、やっとすぐ隣のその部屋に行ける、というような仕組みになっていたりします。外敵の侵入にたいして用心深かったということでもあるのでしょうが、まさしくこれはラビュリントス、迷宮であるわけです。
その迷宮そのものであるこの世界、あるいは、詩人自身の内部空間をそのように考えているとすれば、そこに分け入ってゆくためには、やはりアリアドネの糸が要るだろう、と。そして、これはもしかすると、この詩人にとっての〈言葉〉というもの、あるいは〈ポエジー〉というものかもしれないと解釈することができるわけです。

私たちは〈言葉〉という糸を辿ってこの迷路のような世界に分け入り、そこで自分のための思考の道筋を整えてゆくことも可能かもしれない、というように思ったわけです。そして、この「アリアドネの糸」という覚書のような、日付のついている日記なのですが、その日記帳の比較的早いところに一九六〇年一月十四日付で、二節四行の非常に単純な、リズムのよい詩が載っていました。いまはここにお持ちしたこの本に収められていますが、私はそれを最初のノートのなかで読みました。つぎのようなものです、――

雪つむ夜半のしじま深く
こころは慕ふ　ふるさとの海

ふるさと遠く　しじま深く
夢より夢に波の蝶とぶ

〔一九六〇年一月十四日〕

おそらく、降ってくる雪を片山敏彦は荻窪の自宅で実際に見ているときに、心に浮んだままを記したのだろうと思います。「雪つむ夜半のしじま深く」、ここには問題はないですね。深々と雪が降っていて、その雪のためにいっそう静寂《しじま》は深いでしょうし、そのときに「こころは慕ふ　ふるさとの海」というふうに、今度は眼前の雪の景色から一転して、片山は土佐の高知の生れですから、高知の桂浜の海を心のなかに見ていたかもしれませんね。そして、非常に懐かしく想われたことでしょう。どの程度に自覚していたか、すでに体調はよくなかった。また、どちらかといえばそれまで足繁く訪ねてきていた人たちも次第に遠ざかってゆくような状況のなかで、土佐の、高知の海へと想いが巡ってゆくのでしょう。

つぎの「ふるさと遠く　しじま深く」、「ふるさと遠く」の「ふるさと」、「しじま」がある種の音楽的な効果を生み、そして、今度は「夢より夢に波の蝶とぶ」のところですが、この蝶が夢から夢にというので、何かしら今の自分の眼前の空間と心が想っているふるさとの海、その二つの空間を跨ぐような感じで、「夢より夢に」と言い、また、その海を想っているときに、たぶん波頭が立ち上がってはまた崩れてゆく、その様子を見ながらそこに「波の蝶とぶ」と言ったのでしょう。

これは遺稿整理の段階まで何処にも発表されず、ノートの片隅に書かれていたものです。まずこの小さな詩を最初にお話ししました。そうした晩年の、いまの私たちの年齢からいうと考えられないほどの早い晩年でしたね。一八九八年生れですから。ロマン・ロラン全集を手がけていて、これは次つぎに刊行されましたけれども、五六年には唐突に奥さんを亡くされ、やがて体調を崩して、そういうことで何かしら、言いようもない寂しさもあるような、しかし、自分でポエジーというものにたいして、大きな、ほとんど信仰に近い気もちを抱いていましたから、それに寄り縋りながら生きていたわけです。

私が最後に荻窪のお宅をお訪ねしたのは一九六〇年の大晦日でした。普通ならば大晦日だから忙しいのですが、侘しいだろうと思って出かけてゆきましたら、片山敏彦はちょうど土佐のA4ぐらいの大きさの和紙に次から次へと、彼は「和歌」と言っていましたけれど、たくさんの短歌を墨書しているところでした。「君はどの歌が好きか」と訊くので、「これもいい、それも好き……」と欲張ったのですが、それを片山敏彦は「選んだものを君にあげよう」と言うものですから、何枚も貰ってきました。今どきの言い方で言えば、ほんとうに掛け軸に表装したものも家にあります。〈宝物〉ですね。

そして、その六〇年の末には、所謂六〇年安保闘争からの引き続きで、大きな社会的動揺がみられる時期でしたが、彼はもう自分の人生がほどなく、ということを感じてもいたと思います。年が明けて、一月になると、はじめは肺炎だという診断で、それが誤診なのか、実際の病名が明かされなかったのかはわかりませんが、それから二月に一度自宅に戻ってきて、さらにその後は東大病院の内科に入院して、ということになり、そんな状態ですから、詩篇や和歌、あるいは省察の詩的な断片などを自分で小さなノートに書いたり、手許の紙に書いたり、時にはティッシュペーパーに色鉛筆で何か書き留めていたりしていました。やがて、右手が麻痺して利かなくなると、こんどは左手で書くことを試み、それからもう一度奇蹟的に右手が回復して書けるようになり、さらに病状が進んでからは、付き添っていたお嬢さんが口述筆記で書き留めたものが残されました。

それらが後になって『片山敏彦遺稿』という一冊に整えられ、これは彼がとても好きだったラヴェンナの、ヴェネツィアよりすこし南の都市ですが、そこのお堂の青いモザイク模様で表紙が飾られています。たぶん土佐の海の青ともかかわっていると思いますが、また入院した東大病院の冲中内科でコバルト照射の治療を受けていましたから、この「コバルト」にも詩人の連想は及んだものと思われます。六月になると、完全に面会謝絶になり、私も最後にはその措置の取られた直ぐ後に、片山敏彦を尊敬していたあるスイス人の女性を伴って特別の許可を得て、直接のお別れをすることが叶いました。それからはもう苦痛に耐えているというだけの時間が過ぎていって、やがて一九六一年十月十一日に彼は亡くなりました。

『遺稿』（一九六一年、私家版）に収められている和歌を三つほどここでご紹介することにしましょう。

ふるさとの海に向へば　夕雲の春のあからみ　波にたゆたふ　〈61・3・4〉

ふるさとの春の汀に珠ひらふ　夢見てさめぬ　病めるふしどに

ふるさとの春の海べの　茜ぐも歌のごとくに　流らふらんか　〈61・4・11〉

他にもたくさんの和歌がこの遺稿集には収められていますが、今日は片山敏彦の〈海〉を中心に据えてお話しするという算段でいままで進めて来ましたが、すでにそうお感じになっていた方もおられたと思います。ここに、変なものを持ってまいりましたが、この小さなガラス瓶のなかにあるもの、これは一九九八年に、片山敏彦の生誕百年ということで、高知県立文学館から私が招ばれて、話をしに参りましたときに、空港から高知市内に入るまえに、ちょっと浜辺に、桂浜のところで車を止めてもらって、そこの波打ち際で拾ってきた幾粒かの小石です。これがこの歌に詠われている「ふるさとの春の汀に珠ひらふ」の、その「珠」だろうと思います。何色かのものがあります。生涯の終り近くにつくられたこんな歌を読んでみても、片山にとっては、〈海〉こそがその原形的なものの一つであったと思われます。前回お持ちした『雲の旅』のなかに、つぎのような文章があります、——

「プラトンは、イデアは回想であると言つたが、私たちは、ほんとうにすぐれた詩人たちの呼び覚ます物のすがたを通じて、原形的なものを回想させられる。

子供のとき初めて海を見たときの私の感動は、私にとつては、海そのものを考へるために必要な感動なのだが、詩人はさういふ種類の感動を取り返してくれることによつてイデア（原形）的なものを示す。」

彼にとっては、イデア、原形的なものは、いつも子どもの時に見た〈海〉というもので想い浮べられるのだと言っているわけです。このことが片山の最後の時期までおそらくつづいているのですが、先ほどの遺稿集に収められていて、詩篇の体裁を整えているものに七行からなるつぎのような詩があります。

舟は神の海を
かたむいて進む。
舟が沈むなら
それは神の海にしずむ。
まだ沈まないなら
神のシンボルを
はこぶ。

〔61・5・15〕

これは烈しい苦痛に耐えながら書かれたものであります。まえにも申し上げましたが、幼少の頃、彼の両親がプロテスタントの信者であり、彼は日曜学校などにも通っていたようですが、その後ずっと教会からは離れていました。ですが、晩年になって、ベルギー人のあるカトリック神父が彼に接触するようになっていて、そのことの影響もあってカトリックへの傾向も進んでいましたから、何かしらそう感じさせるところもあります。「舟は神の海を／かたむいて進む。」これはまさしく病床での自分の状況でもあるわけですね。いつまで生きているのかと、それはもう自覚されているのですから。「舟が沈むなら／それは神の海にしずむ。」何かしら彼には現に私たちが見ているもの、つまりこの現実世界が、じつはそれよりも次元の高いものの反映に他ならないのだという想いがありましたから、「神の海に沈む」という表現になるのでしょう。そして、「まだ沈まないなら／神のシンボルを／はこぶ。」これは自分の仕事の役割についての自覚だと思いますが、いずれにせよ、これはもうほんとうの面会謝絶直前の日付になっています。

また、ヴィクトール・ユゴーの比較的若いころの作品ですが、こんな詩を連想させるところがあります、――

海とは　惨めであれ幸福であれ
すべての運命が名指す〈主〉だ。

風とは〈主〉だ、星とは〈主〉だ、
そして　舟とは人だ。

〔一八三九年六月十五日〕

ユゴーは敬虔な教会の信者というわけではなく、共和主義者ですが、ある種の宗教感情といってもいいような独特の宇宙感覚を具えていた詩人です。その彼が「風とは〈主〉だ、星とは〈主〉だ、／そして　舟とは人だ。」イマージュがよく似ています。とてもよく似ている。片山が最後の詩を書いているときにユゴーのこの詩句を想い浮べたということではなくて、海と人間の運命というものについて言えば、こういうイマージュはかなり多くの人が共有しているのかもしれません。

さて、話を進めましょう。それならば片山敏彦にとって〈海〉のイマージュが若い時からどのように展開されたかというところに、ここで戻ってみたいと思います。

最晩年のところをすこし見てきたわけですけれども、まえに一度もってまいりました彼の第一詩集『朝の林』は一九二九年に出された私家版で、この詩集出版の直後に片山はヨーロッパに赴きました。この詩集から「夕暮れの海」と「檣」という二篇を拾い出してみました。

夕暮れの海

蒼茫として海と陸とが暮れる。
なぎさにころがる波は
影の中を匍ひ
陸地に最後のひかりを探して
むなしくまた
暗い海へと帰る。

光はたゞ
向ふの岬の上をふちどつて
金緑の静かな河となつて
ほのかに燃えてゐる。

又、光は
天心の雲に
薔薇のかがやきとなつて花咲き
もろい荘厳の一瞬を
今、支へてゐる……

こういう詩です。若い時の彼が現にいま目にしているその海の夕暮れを描いていると思われますが、こうした彼の詩には色感がよくうかがわれます。なかでも「蒼茫として」というのは「青々と広々と」という感じの言葉で、空とか海とかについて使われますが、光があって暗さがあって、「暗い海へと帰る」。一種の水彩スケッチのような感じで、光が今度は「金緑の静かな河となつて」と表現されて、つぎには雲の方へと眼が移ると、「薔薇のかがやきとなつて花咲き」と、ある夕暮れの一瞬がそこに描き出されてゆく感じですね。彼は絵が好きで、立派な絵を描かれている人ですが、つぎの「檣」という詩でも言葉を画筆のようにして、風景が描かれているのがわかります。

櫓

進んで来る小さな漁船の
やゝ左に傾いた一本の櫓は
夏の夕暮の一瞬の静穏な空気に
なかばは酔ひながら
同じ角度を固守して走る。
その先端に
ぴちぴち顫える褪せた葡萄色の
四角な小さな旗は
息を切らして歓喜して音を立てゝゐる。

これが一節目です。たぶん高知の海でしょう。漁船が近づいてくる様子を櫓の傾きからスケッチしてゆきますね。

しかし、そのはるか上方を
うち群れて右にとぶ鳥の群の
ゆるやかな羽のうごきは
たゞ広大な空の茜色の一部分であるやうに
機械的に上下してゐるのが見えるばかりで
ひゞきは少しも落ちて来ない。
入江の水にとける最後の光は
淡い潮の匂ひを身にまとひ
記憶のやうに、音楽のやうに
故郷の魂となつて
わが周囲を領してゐる。

この最後の「領してゐる」は字引で調べてみましたが、「りょうしている」としか読みようがないみたいです。これも一点のスケッチの感じですが、この詩人の好みの風景がよくわかります。最後のところで「淡い潮の匂ひを身にまとひ／記憶のやうに、音楽のやうに／故郷の魂となつて」というところ、最後の最後まで〈海〉と〈ふるさと〉、そして、後で出てきますが〈母〉ということですね。それがこの詩人のなかでひとつになってゆく、何かしら、べつの言い方をすれば根元《もと》のものですね。すべてがそこに結びついてゆくような感じです。

もうすこし先に進んでみましょう。詩篇「わが生とは」、これは第二詩集、これも私家版ですが、『暁の泉』に収められているものです。彼はヨーロッパから戻っていて、すでに太平洋戦争のさなか一九四四年三月刊行のものです。この作品では海のイマージュ、船のイマージュが単にスケッチとしての領域を超えて、ある種の象徴性を帯びていることがいっそう強く感じられます。幾らか詩の質そのものが変ってきたと、そのように思います。

わが生とは……

わが生とは
限りのない一つの海の

をぐらい波の奥から照る
光の方向を感じつつ　みづからの
影の騒音と戦ひ　それに耐へて
わが悲しみとわがよろこびとを
木の果《み》のやうにみのらせること。

わが愛とは
わが影の放射を押し戻しつつ
あの無限の海の波たちが
かがやきながら　打ち寄せて来るのを見《み》
わが影の力が　その波たちと
岸辺で格闘するのを見《み》
やがて　夢とおこなひとの中で
あの輝きを　自分の形に着ること。

わが死とは

あの広い　光の海へ帆を上げてゆく
一つの影を見送りながら
その影とともに　波の奥へと消えること。

三節からなる詩で、ここでは〈海〉が自然の、現実空間としての海というだけではなく、何かしらべつな役割を担うようになっています。

片山敏彦はドイツ文学者でもありましたから、主にドイツ詩を通してと考えてもよいでしょうが、「思想詩」〈Gedankenlyrik〉とでもいうのでしょうか、現実空間での諸々の形象を詩の素材にしながら、同時に、そのなかにある種の想念を盛り込んでゆく表現方法を会得していました。フランス詩でもそうですけれど、ヨーロッパやインドの詩では伝統的にこうした特性があるわけですが、むしろ、詩というものは本来そういうものだと考えられてきたのかもしれません。思想が、あるいは人の思念というものが形而上学とか哲学とかでなしに、詩的表現そのもののなかで、どういうふうに生かされてゆくのかということを、詩人たちがずっと求めてきたわけです。おそらく、読者もそのようなものとして詩を理解してきたかもしれませんね。片山敏彦も、詩の在り様をそのように考えていただろうと思います。

この詩では、一節目が「わが生とは」、二節目の冒頭は「わが愛とは」、そして、三節目にくると「わが死とは」となっています。「わが生とは／限りのない一つの海の／をぐらい波の奥から照る光の方向を感じつつ」と読みすすむと、すでに〈海〉のほうが「わが生」より先行していることが理解されます。そして、そこに置かれた「わが生」というものが、生れるずっと前からそこにある、そのひろがり、そこから受ける光というものを感じる。「をぐらい波の奥から照る光の方向を」感じて、ここで「自らの影の騒音と」戦うというのは、この〈影〉をどう解釈するか、いろいろな受け取り方があると思いますが、自己の個別の存在に伴う自我というものだと考えてもいいかもしれませんね。その自我であるものが、自分の本来の在り様にたいして、しばしば妨げになることがあるものです。詩人の在り様としても、自分の自我の領域だけでうたっているものかそうでないかによって、詩の実質はずいぶん変ってくるということが慥かにあると思います。

「影の騒音と戦ひ　それに耐へて／わが悲しみとわがよろこびとを／木の実のやうにみのらせること。」これはある意味で生きていることの在り様でもあるけれども、また木の実のように実らせるということで、仕事の在り様を言っているとも考えられます。散文的に言うとそういうことになってしまいますけれども。

第二節の「わが愛とは」でも〈影〉というものを何かしら、先ほども述べたことですが、自己の本来の在り様にたいして妨げになる自我、欲望、本能的欲求とかを含めて、そのように理解してもいいかもしれませんね。その〈影〉の「放射を押し戻しつつ／あの無限の海の波たちが／かがやきながら　打ち寄せて来るのを見」、この「無限の海」というのは、個別の存在としての〈私〉を生かしているもの、ある意味で、自己を超えたものの大きな力を仄示しているようです。〈私〉のなかから現れ出てくる諸々のもの、欲望や執念や雑念や妄執などが、岸辺で格闘するのを見て、「やがて　夢とおこなひとの中で／あの輝きを　自己の形に着ること」、その諸々のものを超えた自分の在り様のなかに引き受けようという決意ですね。

そして、最後の節では、——

わが死とは
あの広い　光の海へ帆を上げてゆく
一つの影を見送りながら
その影とともに　波の奥へと消えること。

これはよくわかりますね。今まで申し上げたことから言えば、何かしら個別の存在としての〈私〉、欲望も執念も妄想もいろいろあったでしょうけれど、その〈影〉とともに波の奥に消えてゆくこと、それが「わが死」なのだ、と。

するとこの詩の全体のなかで、海を区切ってみると、私が生れる前にすでに海があって、私はそこに現れ、光の方向を感じながら、二節目では、現にいま在るというその在り様のなかでの海、その海のなかで私が海の輝きを自分の身に受けながら、自分の形に着ること、謂ってみれば、私の在り様や、私の仕事のなかにそれを引き受けることですね。そして、最後に、個別の存在である私というものが個別の様態から解き放たれて、ふたたび海のなかに全的に還ってゆくだろうという、存在の死の向こう側が無の深淵だったり虚無の闇だったりするのではなく、耀きを保っている海そのものであって、その海のなかに消えてゆくことなのだというふうに、謂わば誕生と現にいま在ることとやがて来るべき死というもの、この三つを包み込むような感じで海のひろがりが彼には見えているのだということです。

それが片山敏彦にとっての〈海〉のイマージュでもあるということです。

それからつぎに同じ詩集のなかから「帆」という標題の詩を拾ってみました、――

帆

橄欖の枝のあひだに　彼が見える。
静かに夕日を浴びて　彼がゐる。
青空の下に　しかし空のかなたから来たやうに

彼がなぎさを歩いてゐる。
見よ　きらめく光の痕《あと》が
砂の上につづく。

私は見上げる、彼を。
私は彼に呼ばれてゐると思ふ。
私の心はをののいて　圧しつけられて　燃える。
私は思ふ、彼は畏るべき愛だ　と。
夕かぜが　橄欖の枝を吹きみだし
梢は夕映の空に銀いろの葉うらを返し
そして　わがまぼろしは消え
波は汀を洗ひ
枝のあひだに　海は夕暮れて
白い帆が　うごいてゆく。

このような詩ですが、とても美しいですね。漠然と「彼が見える」と言っていますが、「なぎさを歩いてゐる」〈彼〉とは誰なのか。ここには片山敏彦という詩人の、ある種の宗教感情が窺われると言ってもいいかと思います。ここで、参照したいのは、詩集『朝の林』の冒頭に置かれている「母」という詩篇に付されたエピグラフです。――〈Dans le ciel infini, profond regard de Dieu, mon âme délivrée va déployer ses voiles. Romain Rolland : *Saint Louis*.〉

「神の深いまなざしである　無限の空のなかで　解き放たれた私の魂がその帆を拡げようとする」といった意味です。片山はロマン・ロランの若い時に書かれた戯曲『聖王ルイ』がとても好きで、ロマン・ロラン全集のためにはそれを自ら訳しています。このエピグラフはこの戯曲のなかの台詞の一つです。ですから、この「帆」の詩でも、直接に関連づけないまでも、内的な繋がりを感じ取ることは許されるだろうと思います。「橄欖の枝」も同じ方向へ関心を向かわせます。

「橄欖の枝のあひだに　彼が見える／静かに夕日を浴びて　彼がゐる。／青空の下に　しかし空のかなたから来たやうに／彼がなぎさを歩いてゐる。」――〈彼〉が空のかなたからこの地上世界に訪れて来たかのようで

あり、それ故、この人が砂の上を歩くと、そこには「きらめく光の痕」が
残って見えるのでしょう。

私は見上げる、彼を。
私は彼に呼ばれてゐると思ふ。

この「呼ばれてゐる」という言い回しは「召命」などの語が含む意味と
等しいものと解してよいでしょう。ですから、——

私の心はをののいて　圧しつけられて　燃える。
私は思ふ、彼は畏るべき愛だ　と。
夕かぜが　橄欖の枝を吹きみだし
こずえは夕映の空に銀いろの葉うらを返し

というわけです。そこまでのところでは何か風景が目に見えているように
思われていたわけですが、やがてその「まぼろし」が消え、夕暮れが迫っ

てきて、わずかに白い帆が海の上を動いてゆく様子が見えるという感じで、詩は終ります。片山敏彦という詩人の宗教的な側面が、間接的表現ですが、垣間見える作品だと思います。

つぎの詩篇はこれまでのどの詩集にも収められていないもので、みすず書房刊の著作集以降に、私が片山家の資料を漁って、『片山敏彦　詩と散文』を編む段階でなお未収録のものがありはしないかと捜し出したものの一つです。本人にすれば未定稿なのですが、そのまま埋もれてしまうのは惜しいので、原稿のままに拾ってみたものです。

二つのひろがり

碧い春の　二つのひろがり
青い海と　青い空
足元から遥かなかなたへ
遥かなかなたから遥か上へと

眼の世界が
揺れながらひろがる。

よく知つてゐる二つのひろがり
しかし　今またそれが新しい
そして　眼がおどろきを心に伝へる
すると心は　空と海との
出会ふところにふるさとの
大きな海の星が
もうすぐ登るのを予感して
その予感の奥に
早くも「母」の顔を見る

（清水茂篇『片山敏彦　詩と散文』一九八九年、小沢書店刊）

ここでは母という語が「」付きで書かれています。どの時期に書かれたかは不明ですが、たくさんの書き損じの原稿などのなかから拾い上げたものです。しかし、とてもきれいな詩篇だと思います。一節目では「碧い春」、「青い海、青い空」など、「あお」を使い分けていますが、これは現実の海に向かい合っているものなのか、それともすでに自分の記憶に取り込まれている幻の風景なのか、それは定かではありません。そして、手前から彼方へと水平な動きの後に、「遥かなかなたから遥か上へと」と上昇の動きがつづきます。こうして、「眼の世界が／揺れながらひろがる」わけです。水平の方向と垂直の方向との無限を見ています。そして、――「よく知つてゐる二つのひろがり／しかし、今またそれが新しい」というふうに、私たちが詩へと促されるときの、よく知っている筈のものが改めて新しく感じられるというあの驚きをうたっています。

そして　眼がおどろきを心に伝へる
すると心は　空と海との
出会ふところにふるさとの
大きな海の星が
もうすぐ登るのを予感して

その予感の奥に
早くも「母」の顔を見る

この「母」というのは、第一回目に片山敏彦の詩を扱ったとき以来、すでに私たちには馴染み深いものとなったあの根元的な存在としての〈母〉でしょう。現実に片山敏彦が慕っていて、やがて身罷ったその母の面影ももちろんあるでしょうけれども、そういう母のイマージュをも含みながら、それを超えて世界、あるいは宇宙の根元のものとしての〈母〉の存在を彼は感じているわけです。同様に、故郷とか海とかいうものが物理的にそこにあるというだけでなしに、したがって、故郷は彼にとって、高知市の、彼の生れ育ったお屋敷が故郷なのではなく、その番地を持っていない故郷ですね。その海でもあるもの、その故郷というもの、何かしらそれは世界の根元のものでもあり、ときとして、夜の深さにもなることがありますけれども、それこそが詩人片山敏彦にとっては、また、詩の根元でもあるわけです。この点では、近くお話しする機会があるかと存じますが、あのヘルマン・ヘッセの詩の世界と深く共通するものがあると私は思っています。

時間がまいりましたので、それでは、今日はここまでにします。またいつか戻ることがあるかもしれませんが、片山敏彦についてはこの三回で取り敢えず終りにいたします。つぎは、私とのかかわりで、想いがけないかもしれませんが、エミール・ヴェルハーランという詩人を登場させてみたいと思っています。長時間、どうも有難うございました。

エミール・ヴェルハーランの『夕べの時』

私が育ったのはかつて「練馬南町」と呼ばれていた界隈で、電車の駅名でいうと江古田で乗り降りしていました。昔は閑静な住宅地でしたが、戦後にはやがて環状七号線が通されて、現在は自動車の交通量の多いすさまじい騒音の絶えないところになりましたが、高校時代にはそこから大泉学園まで通っておりました。当然、帰りもそれを戻ってくるわけです。

　下校の途中、練馬の駅で降りると、いまもあるのかどうか分りませんが、消防署があって、そのすぐ近くに古書店が一軒あり、私は再々その店に立ち寄っていました。棚にはごく僅かですが、洋書も置かれていました。一九五〇年の夏のことでしたが、ある日、その棚に赤茶けたクロス装の一冊の本のあるのが目に止まりました。上田敏の『海潮音』などですでに名まえだけは知っていたヴェルハーランの〈*The evening hours*〉で、チャールズ・R・マーフィの英訳によるものでした。ページを開けて、すぐさまその場で読み始めたのですが、一挙に自分の心が捉えられるのを私は感じました。

Tender flowers, light as the sea's foam,

Graced our garden way ;
The lapsing wind would give your hands caress
And with your hair would play.

The shade was kind to our united steps
That wandered soberly;
And from the village a child's song arose
To fill infinity.

この二節目ぐらいまでを読んだときに、その言葉の運びと、それが作ってゆくイマージュとが非常に新鮮な驚きとなって、私のなかに入ってきました。とりわけ、いま読んだ最後のところ、〈And from the village a child's song arose / To fill infinity.〉という表現の仕方ですけれども、このイマージュはとてもすばらしいと思いました。で、そのときのお小遣いが幾らぐらいあったか分りませんが、ともかくその場で買い求めたわけです。半世紀以上もまえのことですね。

高校の英語の時間には、ワーズワースとかキーツとかの詩もときには読むことがありましたが、このヴェルハーランの英訳詩集の最初の数ページが、日本語でない表現での詩の感触みたいなものを自分に与えたということを非常に強く感じたわけです。

それから、この二十六篇からなる英訳の『夕べの時』を、辞書を片手に日本語に置き換えながら読み解いていったのですが、とても美しいと感じながらも、十七歳の少年としては内容的には実感として理解できない部分にも遭遇することになりました。

ヴェルハーランは一八五五年生れで、一九一六年に歿しています。彼の故郷はアントヴェルペンの近くですから、もともとの言葉はフレミッシュ(フラマン語)です。ベルギーのもう一つの使用言語はフランス語ですが、この両方の語圏はあまり仲がよいとは言えないようです。そして、ヴェルハーランはフランドル地方への強い郷土愛を持っていましたが、文学活動の上ではフランス語を用いていました。彼と同じ時代にマーテルリンクがいます。『ペレアスとメリザンド』がドビュッシーによってオペラに作曲されていますが、『青い鳥』のほうがよく知られているでしょうか。何か子ども向きの童話みたいに思われがちですが、神秘主義的、哲学的な思想が緻密に盛り込まれた作品だと思います。この人もフラマン語圏の生れですが、フランス語で書いています。当然、そのほうが多くの読者を得られるとも考えたのでしょう。両者ともパリに出てきています。

序でに、その辺りの風土のことに触れてお話ししますけれど、そのアントヴェルペンの美術館にも非常によい作品が豊富に収蔵されています。ルーベンスはもちろんですが、肖像画家のヴァン・ダイク（憾かイギリスの王室画家になったと思いますが）、もっと古くはブリューゲルなどがあります。オランダと非常に近い関係にあるのですが、館内では、レンブラントはそれでも外国の画家の扱いでしたね。そのアントヴェルペン美術館をひとあたり観終ったあとで、図録が欲しかったのですが、売り場のおばさんに「フランス語版のテクストがありますか」と訊きましたら、凄い剣幕で、テーブルを叩いて、〈Non ! Flamand seul !〉（無いね！　フラマン語だけ！）って叫びました。それで、私のすぐ後ろに並んでいた美しい女性がクスッと笑いました。私も妙に可笑しかったですね。それほどある種の郷土愛というのか、フランス語圏にたいする一般の感情の、何というか、烈しいライバル意識があるのでしょう。でも、ベルギーのこの地域だけのことではなく、こういったライバル意識というのはいたるところで見られますね。

話が跳びますけれど、スイスなどでも矢張りそうです。顕著なのは、例えば、ローザンヌからすこし北東に位置するフリブールの街の大通りを歩いていると、通りの真ん中に上から表示板が垂れていて、その表示板からこちら側はフランス語、向こう側に回ってみるとドイツ語と表記されているのです。それも国境なら分るのですが、ひとつの国の、ひとつの町の、ひとつの通りのある地点が境界というわけですから驚きますね。

話を戻しますが、ヴェルハーランはそういうところで育っているわけですから、彼の強い郷土愛も納得がゆきます。ところで、私がはじめて接したこの詩集に惹かれながらも、よく分らなかった部分、何故分らなかったのか、いまは非常によく分ります。何故かというと、この『夕べの時』という連作詩篇は、まさしくそのタイトルのとおりで、こういう言い方が詩人にとつて相応しいかどうかはともかく、すでに功成り名遂げたというか、あるいは名声の窮みに達したというか、そういう詩人であって、そして、その詩人が晩年に至って、自分がずっと連れ添ってきたその伴侶とのことを、謂わば感謝を込めてうたっている作品であるわけです。人生経験の乏しい私の理解が及ばなかったのも当然でしょうね。

これは三部作として構成されていますが、まず最初に『明るい時』(*Les heures claires*)というタイトルで一冊が出て、これは彼の生前に刊行されています。つぎに『午後の時』(*Les heures d'après-midi*)、そして、『夕べの時』ということになります。

「場違い」というような言い方でいえば、「時間違い」も甚だしいというところですけれど、ともかく、この詩人の、心情のじつに率直な動きに伴う多様なイマージュの展開の美しさ、見事さみたいなもの、それをとても強く感じたわけです。それで、自分で連作の全部を日本語訳してみました。フランス語の原詩を手に入れてすぐの頃でしたから、学部の学生だったと思います。最近になって、それを読み返し、すこしだけ手を入れてみましたが、取り敢えず読んでみることにしましょう。

こまやかな波の泡立ちにも似た花々が
　ぼくらの道の縁に打ち寄せていた。
風は止み、大気はきみの両手と髪を
　羽毛で撫でて過ぎていったようだった。

ぼくらの揃った足取りを、葉叢の下で、
　蔭がやさしく迎えてくれるのだった。
村からは子どもの歌が聞えてきて
　隈なく無限を充たしていった。

長く伸びた葦の茂みにまもられて
　ぼくらの池は壮麗な秋のなかに身を横たえ、
森の美しい額が　その高くて、

しなやかな冠を水面に映していた。

ぼくらの心が同じ一つの想いを抱いているのを
ふたりとも　知っていて、
この美しい夕べがぼくらに顕しているのは
和められたぼくらの日々なのだと思っていた。

最後にもう一度　きみは祝祭の空が
装いを凝らして、ぼくらに別れを告げるのを見た。
そして　ながい、ながいあいだ、きみは
無言のやさしさをいっぱいに湛えた目を空に向けた。

まずこの全体のなかで、自分がそれまでの生涯ずっと伴侶としてきている、その女性――彼女の名まえはマルトというのですが――と一緒に庭の池の縁にいて、自然のたたずまいに見入りながら、自分たちの過してきた過去の時間を回顧してゆくことになります。

「こまやかな泡立ちにも似た花々」というのは白いリラみたいな花かもしれないと思いました。そして、二節目の後半が私にはとりわけ素晴らしいものに感じられました。英訳を参照すれば、「村からは子どもの歌が立ち上り、／空を無限に充たしていった」という表現も可能かもしれません。また、この、もう老夫婦と言ってもいいのでしょうが、その老夫婦が二人揃って、昔のことを想いながら、「ぼくらの心が同じ一つの想いをいだいているのを／ふたりとも知っていて」というような感じ方ですね、これは孤独な少年にはまだよく摑みかねたところがありましたが、ずっと後になってくればまた話はべつで、読み返すと、そうかなという感じにもなります。

最終節で「祝祭の空が装いを凝らして」というのは夕映えの空でしょう。それをこういう言い方で言っているわけです。

それからもう一つだけつづけて読んでみましょう。連作の〈二〉の冒頭の詩節はつぎのようです、――

もしほんとうに

庭の一輪の花が、それとも牧場の一本の木が
その瑞々しさ、その栄光のなかで
それらの花や木を讃えたかつての恋人たちの
何かの想い出を保ち得るものならば、
この久しい哀惜のときに、
間近な死に先立って、ぼくらは
愛のやさしさを、その力づよさを薔薇に委ね、
または樫の木に預けに赴きもするのだが。

ここの「もしほんとうに」からその節の最後の「赴きもするのだが」までのところは、フランス語の表現では、条件法という言い方になるわけで、事実はそうではないけれども、ということを頭に置いて、仮定的な論法で述べているわけです。庭の一輪の花、牧場の一本の木に、恋人たちの情景についての記憶を委ねるということ、私は自分の文章で、よく「場の記憶」という表現を用いますが、例えば奥州平泉での芭蕉の句などにもそれが見られます。「夏草や兵どもが夢の跡」なども、その「場の記憶」をそこに

引き寄せてのものだと考えられます。

ここでは、薔薇や樫の木が覚えていてくれるはずもないけれども、ということを含みながら、それでも、もしかしたら覚えていてくれるかもしれないという裏返しの心情をそこに込めて、切ない想いを表現しているのだと思います。ですから、つぎのような詩行が生じてくるわけです。

そうすれば辛い想いに打ち克って
愛は生きながらえもするだろう、
素朴なものたちがつくり出す
穏かな栄光のなかで。
夏の夜明けが、または木々の葉から滴る
やさしい雨が　生命の上に傾ける
清らかな光を　愛は受け取りもするだろう。

そして　ある夕暮れに　ひろがりの奥から
手を取り合って　一組の男女が現れたら、

樫の木は翼にも似たその大きな、つよい蔭を
彼らの辿る道まで拡げ、薔薇は
そのかすかな芳香を彼らに送るだろう。

自分たちよりもっと後の恋人たちがつぎには代替りして、想像されているわけですね。自分たちがかつて辿ったその道を、今度は新たなその二人連れが通ってゆくこともあるだろう、と。次つぎに時間が過ぎ去ってゆくその後で、ふたたびその記憶が戻るように、同じような情景が生れ出てくるだろうというのも詩のなかでは扱いやすいひとつの展開の仕方ですね。そんなふうにこの詩は紡がれてゆくわけです。

それでは今度は〈九〉の詩篇で、冒頭にお話ししましたような、この詩人が自分の馴染みの風土にたいして抱いていた強い愛着の表現に触れることにしましょう。これも自分、あるいは自分たちに閉じてしまうのではなく、その外側にある者たちにたいしてやさしいまなざしを向けている表現ですね。その部分を読みますと、——

そして　いまや庭に日陰をつくっていた木々の
梢の葉が一枚一枚散ってゆくと、
裸になった枝間から、ずっとむこうに
古い村々の屋根がせり上がって見えてくる。

夏が喜びを謳歌していたときには、門からさほど遠からず、
あの村々が群れているのが　ぼくらには見えなかったが、
今日　花々が萎れ、葉が散ってみると、ぼくらは
しばしばやさしい気もちで、村々のことを想う。

他の人びとがあそこで暮している、石壁のあいだで、
庇に護られた、すり減った入り口の奥に、
雨と風の他には友もなく、
親しげな光で照らしてくれるランプだけをもって。

日暮れともなれば、翳のなかで、火が目覚めるとき、

そして　時の均衡を保っている大時計が沈黙するとき、
たぶん　ぼくらと同じように、彼らも静かさを好み、
互いの目のなかにそれぞれの想いを感じ合うのだ。

彼らにとっても、ぼくらにとっても、深くて、静かで、
穏かな親密さの、これらの時間を乱すものは何一つない。
そんなときには、過ぎ去った時間に感謝しつつ、
やがて来る時間を最良のものとして讃えるのだ。

そうだ、彼らもまた、顫える両手のなかの苦しみと喜びとから
つくられた昔の幸福を　何と強く握りしめていることか。
自分たちの肉体がともに老いてゆき、自分たちのまなざしが
同じ苦痛によって衰えたことを彼らは知っているのだ。

消えた栄光と最後の芳香とをもって、また
失われた光輝に重い回想をもって、幾歳月の庭で、

彼らの生命の薔薇が色褪せ、一ひら、また一ひらと
散ってゆくときにも、彼らはそれを愛するのだ。

暗い冬にむかって、世捨て人のように
彼らは自分たちの温もりのなかに身をこごめており、
彼らを打ち倒す何ものもなく、彼らがもはや持つことのない
日々を彼らに歎かせるものは何一つない。

おお！　古い村々の奥の人びと！
そうだ、ぼくらの心のすぐ傍らに彼らはいるのだ！
そして　彼らの目のなかにぼくらの涙を、彼らの勇気のなかに
ぼくらの力と熱意とを、どれほどぼくらは見て取ることか！

彼らがいる、あそこに、彼らの屋根の下に、
火のまわりに坐って、ときには窓辺から立ち去りがたく、
また　大きな風の漂う晩には、たぶん　ぼくらが

彼らについて想うことを、ぼくらについて彼らも想うのだ。

何というやさしさかと思います。何の衒いもなく坦々とした表現で、ある意味では、そのままおおらかに言葉が息をしているような、そういう感じですね。飾りもなくて、仕掛けもないのは詩ではないという考えもあるかもしれませんが、何か詩が表現すべき非常に大事なものがここにはあると思います。同時に、詩人が自分と彼の伴侶との関係だけに閉じてしまうのではない点も意味のあることです。ごく近い村の人たちのことを想い描きながらうたっているわけですが、そのことを通じて、世界のひろがりに繋がってゆくような、そのことを詩篇のなかで感じさせてもいるわけですね。

ヴェルハーランという詩人はこういう詩を書きながら、もう一方で、時代の風潮でもあったのでしょうが、世界が謂わば近代化されてゆくことにたいしてまだ楽天的で、そのことを非常に謳歌しているようなところがあります。同じ時代のなかでも、西欧社会の近代化を否定的に捉えている詩人たちがいた一方で、彼はどちらかと言うと、こういう素朴な風土を愛していながら、近代化されてゆく大都会に人間の栄光みたいなものを見ているところがあります。

そんな彼が何とルーアンの駅で不慮の事故死を遂げたというのは、ほんとうに痛ましく、悲劇的なことだと思います。まさしく近代が彼の生涯を唐突に閉じてしまったというわけです。

亡くなったのは一九一六年で、すでに第一次大戦は悲惨の窮みにありました。そして、この戦争でもベルギーは中立を表明していたにも拘らず、ドイツ軍の侵犯を受けました。彼は祖国のこうした受難もうたっていますが、その後の時代の展開を考え合せてみると、スイスのチューリッヒから流れ出たダダの運動は、やがてシュールレアリスムへと発展し、仏語圏での文学や文化の諸価値は洗いざらい吟味しなおされることになります。もう一方で、ロシアが騒然としていて、ほどなくロシア革命が勃発します。そういう大きな揺れのある時代ですね。

しかし、だからといって、ヴェルハーランみたいな詩人がもう誰にも顧みられなくなったというのではなくて、フランスのなかでも、ある部分では、依然としてというか、この詩人だけではありませんが、重要な役割を担っていたことは注目される必要があります。慥かにシュールレアリスムの影響は大きく、深いものではありましたが、それにはまたその限界がありました。ですから、シュールレアリスムが否認した諸価値のなかにも、失われてはならなかったものが当然あったはずだという吟味は繰り返しなされるわけです。私が一九七二年から翌七三年にかけてフランスに滞在していた頃にも、幾つもそうした検討の場があったことを記憶しています。

さて、ここで彼の『夕べの時』とはまったく雰囲気の異なる詩篇を一つ、読んでみることにしましょう。とは言っても、いま読んだばかりの素朴な田舎の風景を補塡するような作品です。「風車」という詩ですが、彼の一連の「フランドル風景」のなかの一篇ですね。じつにみごとな風景画でもあり、ヨーロッパ北方圏の鬱積した気分をも重く漂わせています。

風車

夕暮れの奥で風車がまわる、ゆっくりと
悲しみと憂鬱の空に、
風車がまわる、まわる、そして　酒糟いろのその翼は
悲しくて、強くて、重くて　もの憂げだ、限りなく。

ここのところ、一つずつ言葉を区切って、重ねてゆきながら、フランス語そのもののリズムが、風車の翼のゆっくり回ってゆく動きですね。どうすれば日本語訳のなかで、うまく生かせるだろうかと思いましたが。ずっと昔、訳してみたものです。

夜明けから、歎きの腕のように、その腕は
差し伸べられ、地に落ちた、そして　いま
彼処、暗い大気と消えた自然のまったき沈黙のなかに
ふたたび　たち上る。

光の乏しい一日が小さな村々の上に眠り込み
雲たちが暗い彼らの旅に倦む、
そして　自らの影を取り集める雑木林に沿って
幾条もの轍が死んだ地平線にむかって延びている。

大地のへりに幾つかの樵小屋が
ひどくみすぼらしく輪になって並んでいる。
天井から吊られた銅のランプが
壁や窓をその灯かげで撫でている。

そして　広大な平野と眠っている空間とのなかで
樵小屋は凝視める——何と苦しげなあばら家！——
ぼろぼろの彼らのガラス窓の貧しい目で、
まわって、疲れ、まわって、やがて死ぬ老いた風車を。

こういう詩ですが、何か鬱々としていて、そして、その風車の翼が重く回ってゆく、そして、そこに木造りの小さな、みすぼらしい小屋があって、というのは、おそらく彼が目にしているその時期のフランドルの、あるいはケンペン地方の風景そのものでしょうが、言葉による一つの風景画を見ている感じがします。オランダ時代のゴッホの絵を連想します。しかも、もしかすると、そのときの詩人自身の何か重たげに、疲れた気分というものもそこには託されているのかもしれません。近代というものに置き去りにされてゆくような世界への、言い様のない愛着、または切ない共感といったものもまた、ここには感じられるようです。

そして、そのことを含みながら、今日のこの詩集の終りに近づいてゆこうと思います。

三部作の最後であるこの『夕べの時』という連作詩篇では、例えば夫人の言葉として、――「いつかわたしのいることがあなたに/重く感じられるのを知ったら、/哀れな心と悲しい想いとをもって/何処へでも、わたしは出てゆくわ」などと、読んでいて、切なくなるような詩行があったりします。じつに率直で、真摯な感情の表出が見られるような詩篇もあります。こうして、私たちは最後の詩篇へと到り着くことになります。詩人が自分の死というものを見据えて、それを詩にしているのです。その詩篇を読んでみることにしましょう、——

光にむかってきみがぼくの目を閉じるとき、
ぼくの目にながい口づけをして欲しい、というのも
最後の熱を込めての最後のまなざしのなかで、激しい愛から
保ち得るすべてをぼくの目はきみに与えるだろうから。

弔いの松明の揺れもせぬ燦きの下で
きみの悲しい、美しい顔が傾いて、ぼくの目にお別れを言う、
墓のなかで保ちつづけるただ一つの面影を
ぼくの目のなかにしっかりととどめておくために。

そして　棺が閉ざされるまえに、清らかな、白いベッドの上で
ぼくらの手が合されるのを、ぼくが感じられるように　と、
また　青白いクッションの上の　ぼくの額の傍で

最後にもう一度、きみの頰が安らげるように　と。

そのあとで、ぼくはきみのために強い炎を保ったままの
自分の心をもって遠く旅立つが、その熱さは
目の詰んだ、死の土を通してさえも
他の死者たちに感じられることだろう！

こんなふうにこの連作の詩は閉じています。何かしらこの詩人の、一方で非常に激しくて、ある意味でその幅いっぱいに愛情深くて、というような感じですね。改めて注釈を加えるような詩行もないのですが、深く、静かに、豊かに、その感じで詩がずっと辿ってきているわけです。

いまになって想い出してみると、こんな詩集を十七、十八歳の自分がよくも一生懸命になって読んだものだと、年齢的に不釣り合いな感じもあります。この年齢になって、いまだから分るという気もちですが、当時は分らないままに何かしらきっとそうなのだと思ったのでしょうね。そして、こういうものを読みながら、漠然とではあっても、日本語の表現での詩と

いうジャンルがもっと幅を拡げて、いろいろな主題を扱ってゆくことが可能ではあるまいかと思ったわけです。
今日はもうすこし時間が残っているようですから、他の詩篇を読んでみましょう。私のお喋りよりは、ほんとうは詩篇の全体を朗読するほうがずっと面白いかな、と思ったほどですから。どうか、目を閉じて、お聞きになっていてください。〈三〉の詩篇です、——

藤は色褪せ、山査子は枯れた。
けれども　いまはエリカの花咲く季節だ。
そして　こんなにも静かな夕べには　かすかな風が
貧しいケンペンからの薫りをきみに搬んでくるのだ。

あの土地の運命を想いながら、薫りを愛して、嗅いでごらん。
剝き出しで、粗く、すさまじい風の吹く土地だ。
あそこでは　沼が幾つもの孔を開け、砂地はその餌食となり、
残された僅かなものも、保たれる保証はないのだ。

かつて　秋にはぼくらはそこで過した。
その平原と森、その雨と空によって
降誕祭《ノエル》の天使たちが大きく羽搏きして
その伝説を横切ってゆく十二月までは。

きみの心はあそこではいっそう確かに、素朴に、やさしくなった。
古い村々の人たちを、そして　自らの老いた齢のことや、
その手が使い古した紡ぎ車のことなどを
話してくれる女たちを　ぼくらは好きだった。

霧の荒れ地の　ぼくらの静かな家は
まなざしにむかって明るく、もてなし好きだった。
なつかしいあの屋根、扉も入り口も
それから燻る泥炭で黝ずんだ煖炉も。

無数の、青ざめた、大きなまどろみの上に
夜が壮大な覆いを拡げるとき
ぼくらは沈黙から数かずの教訓を受け取り
ぼくらの魂はその激しさをけっして忘れなかった。

深い平原でぼくらがいっそう孤独を感じるとき、一つひとつの
夜明けが、夕暮れが、ぼくらの衷にいっそう沁み入ってきた。
ぼくらの目はいっそう率直に、ぼくらの心はいっそう穏かになり、
世界の熱の縁にまでいっぱいになるのだった。

ぼくらは求めることなく、幸せを見出していたし、
日々の悲しみさえもが　ぼくらにはこころよく
秋の終り頃の　わずかばかりの太陽が
低くて、弱々しいだけに、いっそうぼくらを魅了していた。

藤は色褪せ、山査子は枯れた。

けれども　いまはエリカの花咲く季節だ、
こんな夕べには、想い出してごらん、かすかな風が
貧しいケンペンから搬んでくる薫りを。

これが詩集を構成している第三番目の詩篇ですが、詩人の郷土愛がよくうかがわれます。作品としては、最終節にふたたび現れてくる――「藤は色褪せ、山査子は枯れた。／けれども　いまはエリカの花咲く季節だ」の詩行は「想い出してごらん」の詩句と連動して、とても効果的だと思います。

それでは最後にもう一度、彼ら夫妻の率直な、それでいて細やかな愛情の雰囲気をうたっている詩に触れておくことにしましょう。いま読んだばかりの詩篇につづくものです。

ぼくの椅子の傍らにきみの椅子を
持ってきて、炉のほうへ手を差し伸べ、
ぼくに見させてほしい、きみの指のあいだから

昔ながらの炎が
燃えるのを。
そして　どんな光をも恐れない
きみの両つの目で、静かに
火を凝視めてごらん、
すると　すばやい、ゆらめく光線が
きみの奥底まで　目にとどき、明るませるので
きみの目はぼくにむかっていっそう率直になる。

おお！　ぼくらの時間はまだ何と美しく、若々しいことか、
大時計が黄金いろにひびくとき、
また　近づいて、ぼくがきみにそっと触れるとき、
ぼくらのどちらもが和めようなどとは思わない
穏かな、心地よい熱気が
慥かな、すばやい口づけを
手から額へ、そして　額から唇へと誘うとき。

そのとき　何ときみを愛していることか、いとしい人よ、
ぼくを包み込み、その歓喜のなかにぼくを溶かして
恍惚として迎え入れてくれるきみの肉体のなかで！
何もかもがぼくにはいっそうかけがえのないものとなる、
きみの唇、きみの腕、やさしいきみの乳房が。きみがくれる
狂気の喜びの瞬間のあとで、ぼくの疲れた額は
そこで静かに安らぐだろう、きみの心の傍らで。

というのも、官能の時間のあとで、ぼくはいっそうきみを愛するからだ、
いっそう確かで、母親らしいきみのやさしさが
荒々しい激情ののちに穏かな休息をもたらすとき、
そして　その烈しさを叫びたてた欲望のあとで
沈黙に他ならない静かな足取りをもって
規則正しい幸福が近づいてくるのをぼくが聞くとき。

何というか、包み隠しがなく、率直で、しかも愛情深く、とても美しい詩篇だと思います。連作詩篇としては、その一篇ずつが持っている雰囲気を変えながら、次第に終りに近づいてゆくわけです。その情景をこんなふうに描き出しているのですが、彼はこれだけを書いたのではなく、非常にたくさんの詩作のごく外れたところにこうしたものを残して、まったく唐突に、不意の事故で亡くなってしまいましたから、詩篇〈二六〉でうたわれたような願望は達せられなかったわけで、その点はとても気の毒ですね。ですから、発表する意志があったかどうかは分りませんが、残されたもののなかには、連れ添った妻にたいするこうした感謝の連作詩があったということです。まだほとんど何の生活経験もなかった若年の私が、それでも詩人の情感と表現力のすばらしさとに、心を動かされたということは間違いのない事実でした。一時期ですが、間違いなく虜にされたということがありました。今日はそのことをお話ししたかったのです。ヴェルハーランについて取り上げるのはこの一度だけですが、やはり自分の辿った詩の道筋では、忘れられない一冊でした。長時間、お聞きくださいましたことにお礼申し上げます。有難うございました。

ヘルマン・ヘッセ 一

私の出会った詩人たち、もちろん出会ったと言っても現実の物理的空間でということに限らず、精神的な出会いというものを含めてですけれども、今日はその第五回にあたるわけでしょうか、ヘルマン・ヘッセについてすこし触れさせていただきたいと思っております。

まずヘルマン・ヘッセについて、私のもっとも若い時の記憶を辿ってみますと、戦後すぐの時期に、抒情的なドイツの詩人として思い描かれました。幾篇かの抒情詩とか、それから日本語のタイトルでは『郷愁』(*Peter Camenzind*) とか、『車輪の下』(*Unterm Rad*) とか、そういう類の小説で何となくドイツ・ロマン派の詩人の名残りみたいに受け取っている時期がありました。それから、これまでお話ししてきた一九四九年末から五〇年にかけての、片山敏彦の仕事との出会い、そして、最初に私が出会った彼の『詩心の風光』というあの本のなかに、ヘルマン・ヘッセの想いがけない詩が一篇訳されて載っているのを読んだのですが、その本では、戦争中のある時期に、スイスから一通の開封の封筒が届いてきて、そのなかにつぎのような詩が入っていたと紹介されていました。スイスは第二次世界大戦の時にも日本との交戦国ではなかったですから。宛名の筆跡ですぐにそれがヘルマン・ヘッセからだと分ったということです。

片山敏彦訳で、その時に読んだものを、そのままにここに持ってまいりました。一九四〇年作の詩篇ですから、ヨーロッパの方で戦線の火蓋が切られた翌年ですね。当時、ヘッセはすでにスイスにいましたから、スイスで書いていているわけですが。私が漠然と思い描いていた抒情詩人としてのヘルマン・ヘッセという、そのイマージュから随分遠いところにある詩だという感じがあって、これにはすこし驚きもしました。標題はMußige Gedanken（「閑な思想」）というものです。

やがていつか　これらはすべて無くなるのだ。
愚かしく天才的な　こんな数日の戦争も
敵の中へ悪魔のやうに吹き付ける毒ガスも　コンクリート製の砂漠も
　そして
荊の刺《とげ》ではなく針金の緻密な刺を持つてゐる森、数へ切れない人間が
苦しみに顫へながら倒れてゐる死の揺籃、

たくさんの知能を絞り　夥しい骨折を支払つて案出され
無数の卑劣な機智を用ゐて編み作られた死の大網、
地の上に　空中に　海の上に張られた死の大網――やがてこれらは無く
　なるのだ。
それらのものが無くなつたとき　山々は青空に聳え
星々は　夜毎《よごと》に光るだらう。
雙子宮・カシオペア・大熊座
それらは悠々といつまでも運行を繰り返し
樹の葉　草の葉は　朝露の銀にきらめいて
明けゆく日に向ひ　緑の色を増すだらう。
そして永久に吹く風の中で　わだつみは
厳と　青白い砂丘へと　幾重の波を打ち寄せる。
しかしそのとき　世界歴史はもう済んでゐる。
血と痙攣とごまかしとの大河と共に
ほら吹きの世界歴史は
濁つた塵芥の流のやうに消え失せて

世界歴史の数々の表情は消え
その限りない貪欲も静まり　人間が忘失される。
われらが心を籠めて魅惑的に
われらが倦むことを知らず数多く発明した
心を奪ふ珍奇ないろいろな代物《しろもの》も　その時には忘れられる。
編み作つたわれらの詩。
従順な地球の周りに　われらの愛が刻みつけたすべての形象。
われらの神々や聖所や清祓の式。

【この「清祓の式」というのが、読んでいてよく分らなかったのですが、原詩のほうでWeihenという言葉が使われていて、これだとカトリックなどで「祝別」という語が当てられます。その儀式を通して「聖なるものと讃えられる」とか、あるいは俗人だった人がシスターなりブラザーなりになるという時の儀式にも、このWeihenという言葉が使われるようです。これが「清祓の式」というふうに訳されていました。】

そしてＡＢＣも「一掛ける一」もその時には既にない。
われらの大オルガンのフーゲが与へる神々しい大歓喜も
ほつそりと鋭い塔を持つ我らの堂宇も　我らの書籍や絵も
言語も　童話も　夢も　思想も
そのときにはもはや無く　地にはもうどんな光輝もないだらう。

おぞましいすべてのもの　美しいすべてのものの没落を
静かに見まもつた創造者は
すつかり空《くう》になつた地上を永らく見つめる。
晴れやかに　彼をめぐつて星々の
円舞の歌が鳴りひびき　星々の
きららかな光の中を　ささやかな
われらの地球は陰鬱な球体として泳ぎ続ける。
思ひに耽り創造主は　そこばくの粘土を取つて捏ねる。
再び彼は　一人の人間を造るだらう

彼に祈る一人の小さな息子
その笑ひと仕事と七つ道具とに
創造主は楽しみを賭ける。
その指は嬉しげに意のままに粘土を捏ねる。彼は喜びながら、形《かたち》を作るのだ。

このような詩でした。これは私がそれまでヘルマン・ヘッセという詩人に抱いていたある種のイマージュを一変させる感じのもので、私自身がこれを読んだのも、あのおぞましい戦争が終ってわずか数年経ったところで、周りにはなお放置されたままの焼け野原もあったし、飢えて食べるもののない孤児たちもいるというようなときでした。そんな時代だったので、いま読むよりは遥かに切実感があったわけです。先程言いましたように一九四〇年の作ですから、まだ第二次世界大戦そのものも本当のすさまじさに到達する前ですね。ナチス・ドイツによるユダヤ人狩りみたいなことはそれ以前から始まっていましたけれども、まだ原爆の投下もありませんでしたが、その時期に、ヘッセはこういう詩を彼自身の祈りを込めて書いていたのだと知ったわけです。ですから、これを知ったときに、私にとっては、ヘッセという詩人についてのイマージュが一つ大きく変ったということがあったわけです。

そして、この同じ本を通じて、前にお話しさせていただいた片山敏彦の知遇を得るという段階があり、同時にヘッセをすこし読み直しかけていた、ちょうどそんな時期に、一九五四年のことでしたが、どんな手立てで自分がそれを見つけたかもういまでは分らないのですが、ロマン・ロランとヘルマン・ヘッセとの『往復書簡』を手に入れたのです。高価な本でしたから、たぶん母の援けがあったと思います。一九五四年というと私は二十二歳ぐらいで、大学の学部の学生でした。スイスのFretz & Wasmuth Verlagという書店から出た本ですが、この本ではロランからヘッセへの手紙はフランス語のものが載っていて、ヘッセからロランへのものはドイツ語でした。なかに非常にきれいな小ぶりの水彩画が幾点か載っています。それらはいずれもヘッセがロランに贈ったもののようですが、片山はスイスのヴィルヌーヴにロランを訪ねたとき、部屋の壁を飾っているそれらの水彩画を目にしたと書いています。

私はこの往復書簡集を読んで、充分に読み取れたかどうかは分りませんが、非常に強い感銘を受けました。ところで、この二人の友情が結ばれたきっかけですが、この時期にはヘッセはまだドイツ国籍でした。後に彼は一九二三年頃スイスに国籍が変り、ドイツを離れるのですが、戦争勃発当時はドイツ国籍のままで、彼はある一つの文章を書いて、自分がその戦争に対してはっきり反対だということを打ち出しているわけです。それは〈O Freunde ! nicht diese Töne !〉「おお、友らよ！　そのような調子をやめよ！」という標題で、これはベートーヴェンの第九交響曲の第四楽章のところにフリードリヒ・シラーの「歓喜の歌」が付いていますが、その合唱を導くところで歌われている文言です。戦争の開始と同時に、所謂知的選良と目されるような詩人も著作家も、学者も思想家もが、ほとんど例外なしに戦争を煽り立てるような発言をするようになりました。例えば、その頃有名だった劇作家のハウプトマンなど、それからトーマス・マンみたいな人でも非常に好戦的にフランスを叩きのめせという調子でした。ヘッセはそうした好戦的な言辞にたいして、「そのような調子をやめよ」と自らの態度を表明したのですが、この文章を一九一五年二月十八日付のNeue Zürcher Zeitung紙で、ロマン・ロランが読み、そのことをヘッセに共感を込めて書き送りました。このことが彼ら二人の友情の発端になったわけです。

ロマン・ロランはスイス、レマン湖畔のヴヴェという町の駅で、偶々戦争勃発を知ったので、そのまま中立国スイスに留まり、反戦のテクストをつぎつぎに発表していました。それらはほどなく『戦いを超えて』と邦訳タイトルのある論集となって刊行されました。フランス語の〈Au-dessus de la mêlée〉は「擾乱を超えて」というような意味です。彼の論調はフランス国内では大きな反感を買いました。彼がドイツに向けた抗議のある文章で、――「あなたがたはいったいゲーテの孫なのですか、それともアッチラの子孫ですか」と述べると、ドイツでは、ロランがわれわれのことをあのフン族の暴虐の王アッチラの子孫だと言っていると非難し、フランスでは、彼はドイツ人をゲーテの孫だと言って、いまだに讃えていると攻撃する有様なのです。こんなふうに、ヘルマン・ヘッセもロマン・ロランもそれぞれ個別に孤立してゆくような状況があったわけですね。

　当時、ロマン・ロランはジュネーヴの国際赤十字俘虜事務局での仕事に従事していましたし、ヘッセのほうはスイスに拘禁されていたドイツ軍の負傷兵や俘虜の世話をしていました。


　こうして始まった友情ですが、時間が経って第二次大戦に差し掛かると、今度はロマン・ロランは大戦の勃発直前にスイスから引き上げ、パリにも小さなアパルトマンを借りていますが、主として生れ故郷ブールゴーニュ地方のヴェズレーという中世以来の聖地である丘に戻ってきていました。そのために相互の手紙のやり取りは困難になってしまい、友情の具体的な接点は失われました。『往復書簡』によると、それまでの間、彼らがそれぞれの著作を交換するとか、一方が失意に陥っている時には他方が励ましの手紙を書くとか、そういうことが明らかになっています。

　私は若い時期でしたから、そういうやり取りに対しても非常に強い感銘を受け、実はこれも若気の至りの無謀さに他なりませんが、偶々そういう本に出会い、あなたとロマン・ロランとのご友情の深さを知りました、というようなことをたぶん高名な老詩人に宛てて感謝を込めて書いたのだろうと思います。宛先はただ〈Montagnola, Lugano, Schweiz〉とそれだけでした。投函したものが宛先に届くかどうかもわかりませんでした。ところが、想いもかけず、二ヵ月ほど経ったある日、紛れもない詩人の筆跡で一通の開封の封筒が返されてきたのです。あり得ないことが生じたという驚きと感謝の念との混った大きなよろこびでした。なにしろ、戦後すぐの一九四六年のノーベル賞受賞者でしたし、それはもうほんとうに世界的に高名な詩人でしたから。

いま考えてみると、彼の作品の真の価値とは関係なく、三度のヘッセ・ブームがあったと思います。そして、戦後すぐのこの時期が最初のブーム、二度目はそれがほとんど下火になって、一九七〇年ぐらいの時期でしょうか、世界じゅうに所謂ヒッピーが溢れてきて、反体制的な動きが至るところに生じているというような時期ですね。例えば、英語で書かれたもので、この頃はさっぱり読まれませんが、（お読みになった方もおいでと思いますが）、コリン・ウィルソンという著作家が、謂わば社会の規範から外れたような思想家や詩人ばかりを選び出して『アウトサイダー』という本を書いている時期がありました。ヘルマン・ヘッセも、そのアウトサイダーと呼ばれる言い方にぴったりのところがあるのですね。そして、正真正銘の放浪の詩人でもありましたから、ヒッピーにとってうってつけ、というところがある。彼はインドからスマトラ辺りまで旅をしましたが、そういう時期が世界的にヘルマン・ヘッセの第二のブームだったと思います。第三のブームはどういうわけか、園芸家としての、庭師としてのヘッセですね、慥かに彼には「庭の時間」(Stunden im Garten) のような興味深い長詩がありますが。そして、それは今日までなお続いているかと思います。

いずれにせよこうしたブームとは無関係に私の関心は彼の仕事とその在り様とに向けられたわけですが、その時に最初にいただいた封筒には幾つかのものが入っていました。ここにお持ちしたヘッセのこの写真もそうですが、それからこういう文章などが入っていました。セピア色の紙に印刷されているのは「非暴力について」GEWALTLOSIGKEITという断片的な二つの文章です。お回しするもう一つの写真はべつのときに送られたものですが、これはヘッセのその時期のモンタニョーラの丘の上のお家ですね。ヘッセが亡くなってから、ニノン・ヘッセ夫人のご存命のあいだはこの屋敷で過されたようです。私が一九七二年にそのお家を見に行った時には、もう屋敷は人手に渡ってしまって、閉じられているということを村の人に聞きました。

いま皆さんにお回しししているその淡茶色の文面ですが、右と左とはそれぞれ独立した文章で、GEWALTLOSIGKEITというのは「非暴力」ということですね。この文面ですけれど、ちょうどいまの日本の武力〔暴力〕志向型の政権担当者に、そのまま差し上げたらいいかなと思うような内容です。書かれた時期からすると、何十年もの時を経て、まさに現在のタイミングがそういうふうになっているという感じを持っていますけれども。上手ではありませんが、左側のドイツ語の文章を読んでみましょう。

Besser ist es, Unrecht leiden als Unrecht tun. Falsch ist es, mit verbotenen Mitteln das Erwünschte verwirklichen zu wollen. Das sind alte und bewährte Wahrheiten.

Eine neue und hellere Epoche der Weltgeschichte und der Beziehungen zwischen den Völkern wird gewiß nicht von den Siegern in den nächsten Weltkriegen geschaffen warden, vermutlich aber von den Leidenden und auf Gewalt Verzichtenden.

資料の三ページ目のものが一応の訳文です。

「不正をなすよりは不正に苦しむことの方がまだしも良い。禁じられた手段によって願望の実現を図ろうとすることは誤りである。これは古くからの、すでに確証された真実である。

世界歴史と諸国家間の関係の新たな、明るい時代は、つぎの世界戦争における勝者によってではなく、おそらく苦しみを被り、暴力を放棄したものによって作り出されるだろう。」

もう一方の、右側の文章はおよそこんな意味のことを述べています。

「暴力は悪であり、非暴力こそは目覚めている者たちにとっての唯一の道である。この道はけっしてすべての者の道でも、また、支配者や世界歴史をつくる者たちの道でもない。どちらの側にとどまっているかを知るならば、人は自由に、穏かに生きることになるのだ。
つねに苦悩と抑圧とを覚悟しなければならないが、けっして自ら抑圧や殺戮にすすんで同意することがあってはならない。こういうことだ。」

じつに簡潔な文章ですね。幸いなことに片山敏彦の場合もそうでしたが、ヘルマン・ヘッセに対しても、私は自分が書いた恥の痕跡は残していませんので、その時に具体的にどんな手紙を送ったかはまったく分りません。いまになると、それは自分にとって幸せの部分ですけれども。ただ、それに対して、日本の、戦争に敗れて、原爆も蒙ったというその国の一人の若者が自分に対してとにかくシグナルを送って寄越したということへの対応として、最初に詩人が応じてくれた文章の一つがこんなものだったわけです。

つぎに、すこし間が開いてしまいましたが、先程の『ヘッセ＝ロラン往復書簡』に関して補足しておきましょう。

その後、一九七二年に私がフランスにすこし長い滞在をしたことがありました。その時にはまだロラン夫人、マリ・ロマン・ロランという方がおられました。この方は、元々はロシア出身の女性で、マリア・クーダチェヴァという貴族なのでしょうか、革命の時に国外に出たその女性がロマン・ロランの秘書をしていて、暫く後に彼の二度目の夫人になりました。最初の結婚が破綻した後、ロマン・ロランは長いこと独身でした。

ロシアのやはり亡命の哲学者でベルジャーエフという、一時期日本でもよく読まれたキリスト教実存主義の思想家がいましたが、このベルジャーエフの姪にあたる女性だとも聞いています。そのマリア・クーダチェヴァ、後のマリ・ロマン・ロラン夫人がパリのモンパルナッス大通り八九番地にArchive Romain Rolland を設け、じつに多くのロラン関係の、未公開の資料などを収集していて、世界各地から訪れるロマン・ロラン研究者の研究の便宜を図ってくれていました。

私がそのロラン研究所に通い始めたちょうどその頃に、今度はフランス語版でロランとヘッセとの往復書簡に、この両者の友情に纏わるさまざまな未刊資料が補足されるかたちで刊行されたのですが、ここにお持ちしたこの一冊がそれで、ロマン・ロラン夫人がゲーテの語句を用いて私への献辞を認めてくれました。

スイスで刊行された最初の書簡集は片山敏彦の勧めもあって、私が訳を試みたのですが、特にドイツ語部分に関して、片山さんから多くの助力をいただいたので、お願いして、共訳というかたちにしていただきました。片山さんは誰かとの共訳を好まない方でしたが、それだけに、私にとってはこの一冊はかけがえのない記念的なものになったわけです。つぎのフランス版のほうですが、以前のスイス版の往復書簡集を更に補足するかたちでもう一度手を入れて、後のロマン・ロラン全集（みすず書房刊）に収めてもらっています。

ということで、ヘッセからはほんとうに有難い応答をいただいたわけですが、つぎにこのヘッセという詩人が、ロマン・ロランとはかなり対照的な一面を示していることを資料によってみてみておきたいと思います。一九一七年、第一次大戦中にヘッセがロランに宛てた手紙です。

「……私はできるかぎり時事的な現実から無時間的なもののなかへ入り込もうとしています。それゆえポエジーが私にとってますます大切なものになります。政治的なものに関心を向けようとする私の試みは挫折しました。所謂〈ヨーロッパ〉という理想さえも私の理想にはなりません。人びとが互いに殺し合っている限りは、ヨーロッパの指導によってなされるどんな人間分類も私には信用しきれないのです。私はヨーロッパを信じません。人類だけを私は信じます。地上における魂の王国です。そして、すべての人びとが参加し、そのもっとも高貴な具現を私たちがアジアに負うているところの地上の精神《ガイスト》の国だけを信じます。」

ここには彼の反戦アピールなどがドイツで拒否され、徹底した反感以外にはいかなる反響をも喚び起さなかったことへの大きな失望感が滲み出ていると思います。前世紀の二つの大戦後に改めてヨーロッパ共同体という理念が浮び上がって論じられ（ド・ゴールなどがそれを強く主張していましたが）、やがてそれは現在のEUのようなものに結びつくのですが、ロランやヘッセにとっては調和的な〈ヨーロッパ〉という共同体の理念が考えられたのは第一次大戦勃発時までのことだったと言ってもよいでしょう。その後の経緯のなかで、ヨーロッパ単独ではもはやどんな文明もどんな平和も実現されることはないと彼らは考えるようになっていました。とは言っても、ロマン・ロランのほうはなお逆風のなかで、反戦活動を継続してはいます。しかし、それはフランス国内では依然として利敵行為であると見做されたのでした。

さて、この『往復書簡』に出会った後のことですが、私はヘルマン・ヘッセの『シッダルタ』（*Siddhartha*）という作品を読んだことがありました。その作品は、第一部と第二部とに分れているのですが、第一部はロマン・ロランに捧げられています。また第二部は刊行された当時日本にいた東洋学者のグンデルトに捧げられています。私がこの『シッダルタ』という作品を読んだほぼ同じ時期に、ラビンドラナート・タゴールにも興味を持っていて、そのタゴールを辿りながら、主として英訳によってですが、インド古典にちょっと触れたことがありました。いまお見せするのはこんなに小さなもの、ポケットに入るのでその頃持ち歩いて幾度も読みましたが、これはインドの古典『バーガヴァッド・ギータ』の抜粋です。クリストファー・イシャウッドとスワミー・プラバヴァーナンダの共同での英訳で、オルダス・ハクスレーの序が付されています。ハクスレーには『久遠の哲学』（*The Perenial Philosophy*）という非常に興味深い本がありますが、これはさまざまに異なる文化圏での、多様な宗教的思想の表明のなかに共有された本質があることを指摘している仕事です。そして、『バーガヴァッド・ギータ』を読んでいて、それとヘルマン・ヘッセの『シッダルタ』とには非常に思想的に似通いがあると思いました。当然といえば当然のことなのですが。そのなかのある部分を抜いて訳してみましたが、これは時間論として言うと、通常の私たちの時間感覚とも、キリスト教的な時間の捉え方ともまったく違う感じのものですね。

「私が存在しなかったとき、また、汝、あるいはこれらの王たちの一人でも存在しなかったときには、けっして時間は存在しなかった。また、われらが存在しなくなるときには、いかなる未来も存在しない。」

何というか、面白い時間論だと思います。つまり、始めから終りまで私たちの目には見えていないだけで、すべてはすでに存在しているのだという考え方がここにはあります。比喩的に言えば、長い、涯しない絵巻物があって、現在の時間というものは、私たちの目の下のほんのわずかなここの部分を見ているのだというふうに考えたらいいですね。すでに巻かれてしまった部分が仮に過去と呼ばれ、これから展げられてゆく部分が未来だとしても、すでにすべては、常に存在しているのだというわけです。しかも何も無くなってはいないのです。ですから、「私が存在しなかったとき、また、汝、あるいはこれらの王たちの一人でも存在しなかったときには、けっして時間は存在しなかった」ということになるのですね。

「この肉体に住まう者が幼少期、青年期、さらには老齢へと移りゆくように、死のときにも、この者はただ他の肉体へと移りゆくだけだ。知恵のある者はこのことで失望したりはしない。

……いま存在しないものは永遠に存在することがなく、いま存在するものはけっして存在しなくなることがない。この深い真実を知り得た人びとは、また、存在することと存在しないこととの本質をも知るのだ。
全宇宙を浸しているこの真実は破壊されることがない。不変のものを変え得る力をもつ者は誰一人としていない。」

ある意味で、これは戦後に流行った実在主義の思想を根本的に否定するような観点とも言えるものです。個別の存在が個別の生死によって前後と断絶してしまうのではなく、個別の在り様がすべてであるもののなかで無限の連鎖に繋がっていると考えられているようです。インドの古典というのは読むと面白いですよね。ヘルマン・ヘッセもそれで強い興味を覚えて、現実のインドの地まで赴いたのですが、彼は大きな失望を感じたようです。永遠の、非常にみごとな詩や哲学を持つ国でありながら、しかし、現実の社会はどうしてと思われるような大きな矛盾を抱えている国なのでしょうね。尤も、私たちの世界そのものが全体としてみれば、それとすこしも変りないでしょうが。

取り敢えずヘッセの『シッダルタ』、これは一九二二年ですが、そこに話を戻すことにしましょう。すこし長い引用になりますが、作中人物である修行中のシッダルタとヴァスデーヴァという人物が河の畔で言葉を交わす場面です。

「あるとき、シッダルタは彼に訊ねた、〈あなたもやはり河からあの秘密を、いかなる時間も存在しないのだということを学んだのですか〉と。

ヴァスデーヴァの顔は明るい微笑につつまれた。

〈そうだよ〉と彼は語った。〈あなたの言いたいことはこうだ、つまり河はあらゆるところで、同時に存在しているということ、もとの泉でも、また河口でも、滝でも、渡し場でも、急流でも、海のなかでも、山のなかでも、いたるところで、同時に。それからまた、河にとってはただ現在だけが存在していて、過去の影も未来もないのだということだね？〉

〈それだよ〉とシッダルタは言った。〈そして、私はそれを学んでから、自分の生涯を振り返ってみたのだ。すると、それも一筋の河だった。子どものシッダルタは大人になったシッダルタ、齢老いたシッダルタから隔てられていたが、それは影によってそうなっているだけで、真実なものによって隔てられているわけではなかった。さらにはまた、前世のシッダルタも過去ではなく、そして、その死も、ブラフマンへの帰一も未来ではなかった。何ものも過去に在ったのではなく、何ものも未来に在りはしないだろう。一切は現に存在しているのであり、一切は本質と現在とをそなえているのだ。〉

シッダルタは恍惚として語った。この直観が彼に深い幸福感をもたらしたから。ああ、すべての苦しみは時間ではなかったか。自分を悩ませたり、自分を怖れたりすることすべては時間ではなかったか。時間に打ち克ち、時間を考えから遠ざけることができさえすれば、この世界の一切の重荷や敵対的なものは除かれ、克服されはしなかったか……」

これを読んでみると、『バーガヴァッド・ギータ』が言っていることと非常に共通していることが理解されますね。これらのものに触れた時期には、私はほとんど全面的な共感に近いものを覚えました。そして、その感想をたぶんスイスの詩人に宛てて書き送ったのだと思います。いま皆さんにお回しする小さな葉書をご覧ください。文面は短いから資料のなかに訳を付けておきましたが。一九五五年十一月十二日付で戴いたものです。

「お手紙と詩を有難う！『バーガヴァッド・ギータ』はまことによき師であり、私もかつて若かったころ、この師から多くを学びました。」(Danke für Briefe u. Gedicht ! Die Bhagavad Gita ist ein guter Lehrmeister, von dem auch ich einst als ich jung war, gelernt habe.)

この葉書の裏面は樹氷のような写真で、とても美しいと思いますが、その下にフランス語で一行、――〈Pour le petit oiseau japonais.〉と書かれています。たぶん私が自分の詩をフランス語で添えたことへの返事だと思います。「日本の小鳥のために」という意味です。

その後、ヘッセ自身はインド的なこの思想表明を一つの通過点として、さらに東方へと関心を向かわせたようでした。古代中国の老子や易経の世界でしょうか。もちろん、日本への関心も強かったように思います。写真家の若杉慧さんという方が、野の仏の写真集をヘッセのところにお送りしたらしく、それをご覧になっての応答の詩なのでしょうが、〈Uralte Buddha-Figur〉という一篇が晩年の詩集には収められています。私たちの仲間の薬師川虹一さんも野仏の写真を美しくお撮りになっておいでですが。私も自分の撮ったものではありませんが、奈良の広隆寺の弥勒菩薩像や唐招提寺の虚空蔵菩薩像などの、かなり大判の美しい写真をお送りしたことがあって、たいそう喜ばれ、こんなふうに返事に書かれていました、――「……これらはすばらしい作品です。そして、このような作品をもはや生み出すことがなくなったために、こんにちでは、消滅してしまったかのようにみえる一つの精神の存在を、これらは証しています。私たちは、けれども、むかしの詩人や思想家たちのものを読むとき、その精神が依然として完全なものであることを見出すのです。」(一九五六年十月十六日付)

すこし話題を変えますが、このヘッセという詩人を最初にまで溯ってゆくと、お祖父さんもお父さんも熱心なプロテスタントの信者で、宣教師としての役割を幼いヘルマン・ヘッセに期待したようです。それでマウルブロン修道院の神学校に入れられたわけです。少年の頃ですね、このマウルブロン修道院付属神学校から彼は脱出しました。ここのところは以前にお話ししたイヴ・ボヌフォワのお父さんの場合とよく似ています。ヘッセの代表作である『ナルチスとゴルトムント』(『知と愛』)のなかで、ゴルトムントが養育されるマリアブロン修道院は詩人自身のごく若い時期の経験の投影だと思われます。母親の面影を知らないゴルトムントは女性への憧れを抱きながら、生涯を彫刻家として芸術表現に携わっての放浪の旅に過します。他方、ゴルトムントをやさしく導きながら、修道生活のなかで、自らを厳しく律してゆく精神の人としてナルチスという人物が描かれていますが、この両者はある意味でヘッセという詩人の魂と精神とをそれぞれに具現した人物と考えてもよいかもしれません。魂と精神、この両面を作品のなかで彼は書き分けています。この辺りのところは、次回もヘッセについて語るとすれば、触れてみたいと思う部分です。

この作品につづけて、彼は『ガラス玉遊戯』(*Das Glasperlenspiel*) という長篇小説を書いています。〈Spiel〉という単語には楽器の演奏の意味がありますが、熟達した演奏者が自らの深い瞑想の内容をガラス玉の琴みたいな想像上の楽器で表現し得るのだということなのですね。精神の理想郷みたいな境域にヨーゼフ・クネヒトという人物を登場させていますが、ドイツ語での〈Knecht〉は「仕える人」の意味をもっていて、この作品では、高い精神に仕える人という役割を担っているわけですが、どうもヘッセ自身、かならずしも出来栄えのよい作品ではなかったと思ったような節があります。

ともかくもそんなふうにして、ヘッセ自身は自分の生涯を一九六二年の夏に終るわけですが、それまでごく短い数年でしたが、ヨーロッパの世界地図でみれば東のはずれの、まだ海のものとも山のものともつかない一人の若者に大きな厚意をくださったということに対しては、ほんとうに有難いことだと思っています。亡くなったとき、彼は八十五歳ですから、私ももうほとんどそのヘルマン・ヘッセの終りの時期に近づいていますけれど、あと三年頑張ればそこには到達するわけです。ボヌフォワさんは大変です、九十二歳ですから。そのお歳で、今年も『ハムレットの躊躇いとシェイクスピアの決断』（*L'hésitation d'Hamlet et la décision de Shakespeare*）という新刊を出されました。そんなどうでもいいことを最後に言って、今日はお終いにしましょう。もう一回、ヘッセについて、自分の考え、感じたことをなぞってみようかと思っています。ほんとうに熱心にお聞きくださいましてどうも有難うございました。

ヘルマン・ヘッセ　二

前回につづいて、今日もまた、ヘルマン・ヘッセについて、私自身との関係でお話をさせていただきたいと思います。私の学校での専門領域はドイツ文学ではありませんから、専門家として、あるいは研究者としてヘルマン・ヘッセについてお話しするという気もちはまったくないのですが、自分の生涯のなかで出会った詩人たちということであれば、やはり重要な一人であることは間違いありません。

そして、前回申し上げたことですが、偶々ヘルマン・ヘッセと個人的な接点を持ったのは一九五四年のことで、その契機となったのはスイスのFretz & Wasmuth Verlagという出版社から刊行された『ヘッセ=ロラン往復書簡』だったわけです。この二人の友情の発端は第一次大戦の勃発であり、二人はともにその戦争にたいして反対の意志を表明したために、それぞれ自国での孤立を余儀なくされたということでした。その孤立感のなかで友情が芽生えたということになります。

すこし余談になりますが、諸国家間に戦争を惹き起す要因の大きな一つとして、おそらく国家意識というものがあるだろうと思います。近代ヨーロッパの形成過程でそれは育ってゆくわけですが、日本でも明治時代以降はまさしくそんなふうですね。その国家意識というものは十九世紀を通して二十世紀の前半まではたぶん非常に強かったと思います。謂ってみれば、人類とか世界とかいうものよりは、遥かに突出して、一つの国家というものの方が絶対的な意識の中核としての価値を付与されているということが見られるわけです。

現在の世界ではそれが随分崩れてきているというのがおそらく実情でしょう。これは軍事ブロックの問題でも、経済ブロックの問題でも考えられることですが、一国だけで何かを成立させ、成就してゆくということがほとんど不可能になってきているという事態がありますから。国家の単位の最後のところで持ちこたえているのは、要素からいうと何があるのでしょうか。もちろんそれが護られていればという条件付きですが、憲法というものは一国の制度的、精神的中核となり得るわけですが。その国家主義を改めて標榜しようとしている国が、自国の憲法をもう一度なし崩しに壊そうとするような、よく分らないことも実際には起っています。

さてロマン・ロランとヘルマン・ヘッセに戻りましょう。そして、この二人の友情、一九一五年に始まった友情は、ロマン・ロランは一九四四年に亡くなっていますが、三九年から第二次世界大戦になってしまう。その時期には彼はスイスからフランスに戻っています。そして、今度はヘルマン・ヘッセの方はというと、自分の思想的立場もあってのことでしょうけれども、その時期にはスイス国籍を獲得していました。第二次大戦の開始とともに、スイスにロマン・ロランが手紙を送っても届かない、ヘッセの方からもフランスへは手紙が届かないという事態が起きているので、彼らの直接的な関係はその段階で消えてしまうのです。

ともかく、この二人の間の友情は私には感動的なものと思われました。それでまた、いつもの癖の無鉄砲さで、たいして宛先の住所も分らないままに、自分の気もちをスイスの老詩人に書き送ったというわけです。そして、想いもかけない交信がはじまったのでした。お忙しい人だったでしょうから、いつも私信が返されるわけではありませんでしたが、かならず何かのかたちで、あなたからのものを受け取ったという返事が届いてきました。これからお回しする写真の絵はがき、とても美しい水辺の風景ですね、ヘッセの息子さんの一人が写真家になりましたから、たぶんマルティンが作った絵はがきだと思いますが、下のほうの四行にヘッセの詩が書かれています。

夢みながら私の視線は穹窿に注がれる、
雲の飛翔が海へと向かう青空に、
夢みながら私は雲の合唱に聞き入る、
私の心に安らぎをうたってくれるそのうたに。

およそそんな意味でしょうか、訳のほうは詩の体を成していませんが。また、べつに彼の水彩画の絵はがきを二枚お持ちしましたので、これもお回しします。それからもう一つ、これも息子さんの撮った詩人の肖像写真。この間お見せしたのとはべつの写真です。これも詩人が封筒に入れて送ってくれたものですが、このシャツの衿にHHと頭文字、それに1955と書いてあるのですが、もうずいぶんインクが薄れてしまっていますね。

それから、いよいよ本題に入りますが、お見せするのはこんな冊子です。

ご自分の詩とか、短い文章とかを、よくこうした小冊子に整えておられたようですね。このなかには三つの独立したテクストが収められています。最後のひとつは一九五五年十月のもので、たぶん講演原稿だと思います。〈Dank für den Friedenspreis des Deutschen Buchhandels〉というタイトルの文章で、ドイツ出版協会の平和賞受賞に際してというものでしょう。このテクストの最後の部分だけを写してきました。一九五五年という時代を考えてみますと、ちょうど私たちの世界が非常に緊張している時期ですね。所謂東西二極分裂の冷戦の時期で、この世紀の三度目の大戦がいつ起るかわからないと危惧されたような頃でした。おそらくそんな危機感をこの詩人も抱いていたかもしれませんね。その平和賞受賞への謝意を述べた文章の最後のところを訳しておきました。

「……私にとって、平和とはたんに軍事的、政治的なものの意味ではなく、それは自己自身との、そして、隣人との各人の平和であり、意義と愛とにみちた人生の調和なのです。もちろん、こんにちの日々の仮借のない、酷しい労働と営利との生活においては、高貴な価値ある人生のこのような理想も多くの人びとにとっては常軌を逸した、現実離れしたものと思われるに違いないことは私にもよくわかっています。しかし、詩人の本質は何かある目下の現実に自分を適応させたり、それを讃美したりすることではなく、それを離れて美や愛や平和の可能性を示すことであります。美や愛や平和の理想はけっして充分に実現されることはありませんが、嵐の海で船が理想通りの進路を正しくまもることができなくても、なお星を目指して航路を向かわねばならないように、事情がどうであれ、各人が自分の方法で、そして、各人の環境で、平和を希い、平和に仕えなければなりません。私は先祖の人びとが言う意味で信心深いとはいえませんが、深く尊敬している聖書の言葉にしたがって敬虔であり、神の平和のあの言葉は私には高い存在であります。なぜなら、それはすべての最高認識よりもなおいっそう高いものだからです。」

こう言っているわけですけれど、これはこの詩人の基本的な姿勢でもあるのです。彼は絶えず詩人の役割というものを考えていますが、それはある種の、非常に精神的に高いものとして認識されているようです。そして、こんな言葉を私に送ってくれているのは、第二次世界大戦が終って間もないこの時期に――私たちにとっても、太平洋戦争とか十五年戦争とか、いろいろ呼び方はありますが、いずれにせよ、あのおぞましい戦争ですね。私たちはその被害者でも加害者でもあったわけですが――、その国の若者に対して、彼が繰り返し平和とか非暴力とかいうことを訴えてきたのだろうと思いますが、老詩人がそれを私にも想い出させようとしていると、あるいはそれを忘れないようにさせたいのだということは非常に強く感じられるものだったわけです。

この点では、ヘルマン・ヘッセという人が現実の世界の在り様に対して、詩人としてどう対応しているかということが一方で私にとってほんとうに目新しい感じがあったというのは確かです。というのも、この詩人を私が最初に知った頃には、そういう現実的な、あるいは政治的な問題関心のない詩人で、謂わば長いドイツ・ロマン派の詩人たちの系譜に連なる、例えばアイヒェンドルフとか、メーリケとかいうような詩人たちにみられるとおりの、自然と人間との親密な交わりといったところに詩の実質を持っている、そういう詩人として感じられていたものですから、これはまさしく新しい発見でもあったわけです。

それはそれとして、そんなロマン派的な特徴の感じられる彼の若い時の詩を、自分が好きだったものを二つだけ、大急ぎで読んでみたいと思います。

Im Nebel

Seltsam, im Nebel zu wandern !
Einsam ist jeder Busch und Stein,
Kein Baum sieht den andern,
Jeder ist allein.

Voll von Freunden war mir die Welt,
Als noch mein Leben licht war ;
Nun, da der Nebel fällt,

Ist keiner mehr sichtbar.

Wahrlich, keiner ist weise,
Der nicht das Dunkel kennt,
Das unentrinnbar und leise
Von allen ihn trennt.

Seltsam, im Nebel zu wandern !
Leben ist Einsamsein.
Kein Mensch kennt den andern,
Jeder ist allein.

これは彼のものとしては非常に有名な詩ですが、ちょっと自分で訳も付けてみました。

不思議だ、霧のなかを彷徨うのは！

どの繁みも、どの石も孤独だ。
どの木も他の木を見ることがなく
誰もがひとりぼっちだ。

まだ私の人生が明るかった頃、
世界にはたくさんの友らがいた。
いま霧が立ち籠めると
何ひとつ見えるものはない。

まことに、暗さを知ることのない者は
賢くはないのだ。
避けがたく、それでいて微かなものが
すべてからおまえを引き離す。

不思議だ、霧のなかを彷徨うのは！
人生とは孤独であることだ。

誰も他の者たちを知らず、
誰もがひとりぼっちだ。

第一節目の〈Seltsam, im Nebel zu wandern !〉が最終節で繰り返されていますが、同時に、Nebel、霧のなかに包み込まれている様子を巧みにうたっていますが、同時に、これは人生にあって、しだいに暗くなってゆく在り様を重ね合せに省察している詩だと思います。また、ある意味でこの詩人の心情みたいなものがよく語られている感じの作品です。若いヘッセの詩ですが、人生のなかで霧が深くなるというのは、そんなに長いこと人生が明るかったわけではないけれども、その人生が明るかった時には友らも大勢いた、と。しかし、霧が深くなってくると周囲は閉ざされて孤独感が増してくるという。まあ、ここで言っているのとはまた違う意味でしょうが、あの友だちもこの友だちもみんないなくなったという感じは私の年齢になってくるとありますが。

手を折りてうち数ふれば亡き人の数へ難くもなりにけるかな

という良寛の歌があったと思います。

それからもう一つは〈Auf Wanderung — *Dem Andenken Knulps*〉というタイトルで、「途上にて」とか、「流離いの途上で」と言ったらいいでしょうか。〈*Knulp*〉というのは、もうお読みになった方も多いと思いますが、ヘルマン・ヘッセの初期の小説です、彼はこれがとても好きだったようですね。主人公のクヌルプは何も定職に就かずに放浪している、友だちのところを何の前触れもなしに「今晩は」と訪ねてくる、非常に器用で、異郷で経験したたくさんのことを面白く話して聞かせ、人を喜ばせることを知っているというような人物です。唄をうたうことも非常に上手というような、ある意味でこの詩人の一つの理想なのでしょうね。現実的な生き方から全部切り離されたような感じで生涯を終えたというふうに描かれています。ヘッセ自身もそれに似た在り様で詩人としての自分を押し通したようなところがあります。

「流離いの途上で」の詩篇は二節からなっています。

Sei nicht traurig, bald ist es Nacht,
Da sehn wir über dem bleichen Land
Den kühlen Mond, wie er heimlich lacht,
Und ruhen Hand in Hand.

Sei nicht traurig, bald kommt die Zeit,
Da haben wir Ruh. Unsre Kreuzlein stehen
Am hellen Straßenrande zu zweit,
Und es regnet und schneit,
Und die Winde kommen und gehen.

非常に単純な詩ですが、私はこの詩もとても好きです。およその意味を辿ってみますと、こんなふうです、――

悲しむな、ほどなく夜が来る、

そうすれば　ぼくらは暗い大地の上に
涼しげに照る月を見るだろう、何と親しげに月は
微笑んでいることか、さあ手に手を取って憩うのだ。

この詩篇では主語が複数になっていますから、誰と誰なのだろうと思うわけですが、おそらくこれは先ほど言いましたクヌルプと作者である詩人だと読んでみると面白いですね。その作者がクヌルプを生み出しているわけですけれど、クヌルプはあちこち一人で放浪している人物なのですから。あるいはまた、詩人が読者である私たちに言いかけているのだということも含みとして持たせてみるのも面白いでしょう。

悲しむな　ほどなく時が来る、
そうすれば　ぼくらは憩うのだ、ぼくらの墓標が
明るい路傍にふたつ並んで立ち、
そして　雨が降り、雪が降り、
風が吹いて来ては、去ってゆくのだ。

この二節目では、〈憩い〉ということが〈死〉と重ね合せにうたわれています。人生の苦しさ、辛さということを想い浮べるときには、「ほどなく時が来る」、つまり誰もが知っている最後の憩いの場がそこにはあるというイマージュはボードレールの詩にもみられるものです。それは虚無の深淵ではないわけです。また、詩の終り方は何か西欧的な雰囲気というよりは、芭蕉の世界に通じるもののようで、こういうところも若い時に私は好きだったのですが。

さてそのつぎに〈Besinnung〉という詩があります。いまお見せするこの茶色の一枚の紙に印刷された詩で、日本の若者にも読んでほしいと封筒に入れて送られてきました。抒情的な作品ではなくて、どちらかと言うと彼の基本的な考えを率直に述べている作品です。ここで彼は〈精神〉と〈自然〉というものを二つの極に分けて考えています。同時に、そのそれぞれに男性的なものと女性的なものという特性を付加していますね。

ヘッセは『デミアン』(*Demian*)を書いている時期から、精神分析、あるいは心理分析といった領域に強い関心を抱くようになっていますが、フロイトよりは幾分かC・G・ユンクの考え方に共鳴するところがあったように思います。男性的なものと女性的なものというふうな、世界の要素の二元論的な考え方というもの、ユンクの場合にはもちろんそういう世界ではなくて、人間の内面性の問題としてですが。

そして、それはべつに性別上の女だから女性的なのではなくて、また、男だから男性的なのでもなくて、男女を問わず、人間の心の働きの衷に、男性的なものと女性的なものと、取り敢えずそう言ってもいいような働きがあるという考え方ですね。そして、それは何か人間の感性とか、抒情性とか、私たちが仮に〈魂〉という言い方でいえば、それは非常に女性的な要素として考えられる。あるいは場合によっては直観的なものですね。それに対して論理的なものとか、思考を組み立ててゆく、あるいは社会的、外的なさまざまな状況に対応する働きといった要素、〈精神〉と呼ぶこともできるのですが、それは女性のなかにあろうと、謂わば男性的な働きだというふうに分けて考える、そういうことが、殊にユンクの心理学からクローズアップされていますが、こうした考え方はもっと一般的におそらく指摘できるものでしょう。

そして、ヘッセの二元論的な世界解釈がこの詩篇ではその線に沿って理解されるところです。「省察」という詩を読んでみることにしましょう。一九三三年に書かれたものです、――

精神は神的であり、永遠である。
われらはその似姿であり、道具であるが、精神にむかって
われらの道は進む。われらのもっとも切なる憧れとは
精神のごとくになり、その光のなかで自ら光を放射することだ。

しかし、われらは脆くも死ぬべきものに造られており、
被造物たるわれらを苦難が鈍く圧しつける。
そして　自然は母のようにやさしく、温かくわれらを抱き、
大地はわれらを育て、揺籃と墓はわれらを寝かせるが、
自然はわれらに安らぎをもたらしはしない。
自然の母らしい魔力を

不滅な精神の火花が突き破り、
父らしく、幼な子を大人へと育て、
無邪気さを消し去り、われらをたたかいと良心へと喚び起す。

こうして　母と父とのあいだで、
肉体と精神とのあいだで　被造物のなかでも
いちばん脆い子どもは躊躇う。
おののく魂の人間は、他のどんな生物よりも
苦悩するが、また　至高のものをも可能にする、
敬虔で、希望にみちた愛をも。
人間の道はきびしく、罪と死とが彼の糧である。
しばしば彼は闇のなかを迷い、しばしば
生れなければいっそうよかったと思うものだ。
しかし　彼の憧れは、彼の使命は、彼の上に永遠にかがやいている。
それは光であり、精神である。
そして　われらは感じるのだ、そんな危うい存在を

永遠なものは特別な愛をもって愛している　と。
それ故に　われら迷える兄弟にも
分裂のなかにあってなお愛は可能であり、
そして　裁きや憎しみではなく、
我慢強い愛だけが、
愛することの忍耐だけが
われらを聖なる窮極へと近づける。

このような詩篇、これが省察（Besinnung）という一つの詩のかたちです。若い時に私が受け取った封筒に収められていたものでしたが、率直に言うと、読み終ったあとで、そうかもしれないが何処か馴染みにくいというふうにも感じたことを想い出します。何かしらこれは立派すぎる、というような感じでしたね。自分がまだ二十代の半ばでしたから、もっと人生にあって迷いもしたいし、もっと自然の諸々の力の方にも近づきたい、というのが率直な感じでした。ただ老詩人は一篇の詩をそういうふうに伝えることで、何か若者の心のなかに種子となって、やがて芽生えることもあると感じていたのかもしれません。

もう一つ、これとよく似ている、しかし、もっと自分に馴染みやすいと感じた詩を取り上げてみることにします。〈Verganglichkeit〉「無常迅速」という詩篇です。

Vom Baum des Lebens fällt
Mir Blatt um Blatt.
O traumelbunte Welt.
Wie machst du satt,
Wie machst du satt und müd,
Wie machst du trunken !
Was heut noch glüht,
Ist balt versunken.
Bald klirrt der Wind
Über mein braunes Grab,

Über das kleine Kind
Beugt sich die Mutter herab.
Ihre Augen will ich wiedersehn,
Ihr Blick ist mein Stern,
Alles andre mag gehn und verwehn,
Alles stirbt, alles stirbt gern.
Nur die ewige Mutter bleibt,
Von der wir kamen,
Ihr spielender Finger schreibt
In die flüchtige Luft unsre namen.

前の詩篇に較べてみると、こちらのほうは自分の衷にまったく抵抗感なしに滑り込んできてくれるように思われるものでした。一応の訳は付けておきました。ヘッセという詩人、作家としてもそうですが、〈愛〉と〈死〉ということが基本的には彼のテーマであろうと思います。また、ヘッセに限らずどんな書き手にとっても、詩や文学の領域で一番のテーマになるのは〈愛〉であり、〈死〉であるということは、ほとんどすべての文化圏においての例外がないかもしれないですが。これもそのひとつの表れでしょう。

無常迅速

生命の木の　葉が舞い落ちる、
私から、一枚、また一枚と。
おお　目眩めく多彩な世界よ、
何とおまえは満足させることか、
何と満足させ、飽きさせることか、
何とおまえは酔わせることか！
今日まだ熱く燃えているものが
すぐにも沈んでゆく。
私の褐色の墓石の上で、
やがて風が鳴るだろう、
幼い子どもの上に

母が身を屈めるのだ。
彼女の目を私はふたたび見るだろう。
彼女のまなざしが私の星なのだ。
その他のすべてのものは吹き散らされてゆく、
すべては死ぬ、すべては好んで死んでゆく。
ただ私たちの故郷である
永遠の母だけがとどまりつづけ、
その戯れる指が書き記すのだ、
無常な空間に私たちの名まえを。

四行目の「満足させる」という語ですが、原語の〈satt〉には「飽食させた」などの意味があるようです。うんざりするほどのものを与える感じなのでしょうね。そして、詩のなかでは、ここから一気にもう人生が終りになって、死へと流れ込んでゆく表現になります。ですから紛れもなく「無常迅速」でもあるわけです。私にしても、ついこの間まで可愛い坊やだったのに、どれほどの時間が経ったというのか、という実感があります。

そして、「私の褐色の墓石の上で／やがて風が鳴るだろう」と「幼い子どもの上に／母が身を屈めるのだ」という二つの表現は原詩のほうではよく似たかたちになっています。また、「私たちの故郷である／永遠の母だけが」のところは、もっと直訳すれば、「私たちがそこから生れ出てきたところの／永遠の母だけが」というようなことになります。ここのところで〈Mutter〉という語、〈母〉という語が出てきていますが、これは数回前に、片山敏彦の詩について話をしていた時に、ある種の詩人にとって、世界、あるいは宇宙の根元であるものに対して〈母〉のイマージュを与えると、それは片山だけではなしに、ヘルマン・ヘッセだけではなしに、そういう詩人たちがいることに触れたと思います。何かしら万物を生み出してくる元のものの在り様、あるいはそれにイマージュを与えるとすれば、それが〈Mutter〉、〈母〉という、母性と言ってもいいのでしょうが、そういうものとして捉えられると考えてもいいだろうと思います。

愈々、残り十分ばかりになりましたが、最後にお手許の資料をご覧になってください。「太枝」あるいは「大枝」という言葉が日本語にあるかどうか分からないのですが、〈Ast〉というドイツ語だとこれは「小枝」ではなくて、幹から外れてきている太い枝を指すようです。通常の「枝」は〈Zweig〉という語でしょうから、それよりはずっと太いのですね。そういう詩を最後に置いておきました。

Knarren eines geknickten Astes

Dritte Fassung

Splittrig geknickter Ast,
Hangend schon Jahr um Jahr,
Trocken knarrt er im Wind sein Lied,
Ohne Laub, ohne Rinde,
Kahl, fahl, zu langen Lebens,
Zu langen Sterbens müd.
Hart klingt und zäh sein Gesang,
Klingt trotzig, klingt heimlich bang

Noch einen Sommer,
Noch einen Winter lang.

8. August 1962

八月九日はヘルマン・ヘッセの命日です。ということは、この詩は彼の亡くなる前日のものだということです。その詩をここに持ってきたのは、彼の最後の時期の詩集の最後に入っているからですが、まず最初に一九六二年八月一日の日付でこの詩の最初のヴァージョンが示されています。三節からなっていて、木にぶら下がっている枝が、ぶら下がったまま落ちもしないで何年も経って、というイマージュですね。最初のものでは人間もそれと同じようだ、というようなことが書かれています。その次のページに一九六二年八月二日という日付が付されているヴァージョンでは表現がグッと詰められて、いまお見せしているものに非常に近くなっています。それでは、この詩人の最後のものとなった詩をここで読んでみることにしましょう、――

折れた太枝の軋む音

裂けて折れた太枝が　すでに
幾年も垂れ下がって、風のなかで
その歌を軋ませている、乾ききって、
葉叢もなければ、樹皮もなく。
裸で、色褪せて、あまりにも長い生命に
あまりにも長い死に　疲れ切って。
硬く、執拗に、自分の歌をひびかせている、
強情に、ひっそりと、ひびかせている。
なお　ひと夏、
なお　ひと冬、ずっと。

一九六二年八月八日

これが最後の詩です。この木の太い枝がぶら下がっていて、冬を越し、また夏を越しても、というのはおそらく最晩年の自分の状態を言っている

のでしょう。その枝の在り様に擬えて、生きているとも言えず、もうほとんど死んでいるようなもので、というふうに言っているわけですが、こういう表現もべつにヨーロッパの詩人だからということではなく、むしろ俳句でも、これをさらに詰めたかたちで作れそうな感じですね。彼はこんな詩を最後に残して、伝えられるところでは、八月九日の午前中に、モーツァルトの《ピアノ・ソナタ K三一〇》という切迫感のある曲を聴いたそうです。そして、昼寝をし、そのままで生涯を終えたらしいです。成すべきことをすべて成し遂げて、目が覚めなかったというのですから、ある意味で幸せな人生ですね。

今日、最後にお見せするのは、一九六四年一月十一日付でニノン・ヘッセ夫人から頂戴した私宛の返信です。こんなことが書かれています。

「新年のご挨拶と私の消息についてご関心を持ってくださったことに感謝します。私は夫と私とがともに三十一年間過してきたその家にひとりでいます。

私は彼の原稿と彼の私家版の印刷物、新聞の記事などを整理しています。

そして、ほどなく若きヘルマン・ヘッセの書簡という本を刊行する予定にしています。これらが目下の仕事です。……」

一九七二年秋に、私がパリからスイスに赴き、モンタニョーラを訪ねてみたときには、そのお家にはもう誰も住んでいなくて、人手に渡ってしまったということを村の宿屋・兼食堂のおばさんが話してくれました。


以上をもってヘッセについての二回分を終りたいと思います。先ほども申しましたように、私はドイツ文学者ではありませんし、――もしかすると、ヘッセは自分のことを研究してくれる若者かと思ったらしく、入手し難い小さな資料なども幾つもいただいているのですが、私はそうはならなくて、――そのうちに学校勤めも多忙になり、ドイツ語やドイツの文学からも離れてしまい、そういうことで、この大詩人に対しては、過分の好意を恵まれながら、申し訳ないことをしたと思っています。ここで二回分、そのお返しを、しないよりは良かったかもしれません、というわけです。

それでは、次回はタゴールについてすこし触れることをお約束して終りにいたします。毎回のことながら、ほんとうに有難うございました。

タゴールの『螢』

これまでお話ししてきたことは、ほとんど自分の、あの十六歳の夏の経験に端を発しての精神的探索の旅の途上での幾つかの出会いについてでしたが、今回はそこにラビンドラナート・タゴールの短詩集『螢』との出会いを加えることにします。タゴールという詩人も、日本で、もっと本格的に多方面から持続的な関心を持たれていいと私は思っています。

私自身としては、まず関心を寄せることになったのは、資料にタゴールの「一八八二年の神秘体験」と見出しを付けておきましたが、タゴール自身が著作の幾つかの場処で自分の不思議な経験があったと叙述しているあのできごとでした。それ迄のタゴールについて、あるいはその後のことについても、伝記的なことはほとんど皆さんがご存じでしょうから、父親がどうだったとか、祖父がどうだったとか、あるいはインドの伝統的な精神性のなかでどう育ったかとか、イギリスにはじめて行った時にちょっと挫折感を味わったとか、そういうことも全部省いてゆきます。

タゴールが生れたのは一八六一年、亡くなったのは一九四一年ですが、彼の一八八二年はこの詩人について考える時に非常に重要なポイントなのです。日本語でいうと「滝の目醒め」という、これは一種のヴィジョンとしてですが、凍てついていた水が唐突に溢れる程に流れ落ちるのを見た、一種の精神的な体験として見たわけですね。その前の段階では、彼のなかにある種の行き詰まりがあったわけですが、それがこの年、ちょうど二十一歳ぐらいでしょうか、フランス語の文献を訳したものからの引用ですが、その時のことについてこんなふうに述べています、——

「どのようにしてか、私の心のすべての扉が開かれ、世界のありとあらゆるものが入り込んできて、互いに挨拶を交すのだった、……それはまた有限なもののなかでの無限なものへの到達のよろこびだ。」

自分の扉がそれまでは閉じていたわけですね。それが何故か分らないけれど、唐突に全部開いてしまった。そして、その開いたところに、謂わば外の世界からのあらゆるものが殺到してきた、自分の内部に入り込んできた。ここで書いているように、訳しようによってはフランス語の〈se presser〉という表現、「押し合いへしあいして入ってきて、互いに挨拶を交すのだった」というわけです。すべてが一つに溶け合ってということでもあるのでしょう。そのことは、また彼にとっては有限なもののなかでの無限なものへの到達の喜びなのだとも言っています。

彼の『回想』(*Reminiscences*, 1911) という英語のテクストでは、こんな記述があります、――

One morning I happened to be standing on the verandah looking that way. The sun was just rising through the leafy tops of those trees. As I continued to gaze, all of a sudden a covering seemed to fall away from my eyes, and I found the world bathed in a wonderful radiance, with waves of beauty and joy swelling on every side. This radiance pierced in a moment through the folds of sadness and despondency which had accumulated over my heart, and flooded it with this universal light.

That very day the poem, The Awakening of the Waterfall, gushed forth and coursed on like a veritable cascade.

(ある朝、私は偶々ヴェランダに立って、その道を見ていた。それらの樹の葉の繁った梢を透してちょうど陽が昇るところだった。私が見つづけていたとき、突然、私の目から覆いが剥れ落ちたような気がして、世界が四方八方に膨張する美と歓喜の波とともに、ふしぎな光輝に浴みするのを私は目のあたりにしたのだった。この光輝はそれまで私の心に降り積もっていた幾層もの悲しみと落胆とを、一瞬、貫き通してきて、その普遍の光を心に溢れさせたのだった。

まさにその日、「滝の目醒め」の詩がまことの滝のように溢れ出て、とめどなく流れたのだった。)

これは詩人タゴールにとって決定的な、その前と後とを隔てる大きな瞬間的な体験であるわけです。私たちのよく用いる表現では、「目から鱗が落ちた」ということです。そして、その時のことについて、そのすぐ後で彼は一連の「朝の歌」という詩を書いているのですが、すぐに英語のテクストが見つからなかったので、今日はフランス語訳から、ある部分を抜いてきました。

Aujourd'hui un oiseau m'a montré le chemin,
m'a conduit hors de la forêt
jusqu'aux rives de l'océan de joie.
Tout à coup j'ai vu le soleil,
Tout à coup j'ai entendu les chansons,
Tout à coup j'ai surpris le parfum des fleurs,
Tout à coup mon âme s'est ouverte.

今日　一羽の鳥が私に道を示し、
森の外へと私を誘い出し
歓喜の大海原の岸辺へと連れていってくれた。
唐突に　私は太陽を見た、
唐突に　私は幾つものうたを聞いた、
唐突に　私は花々の薫りに出会った、
唐突に　私の魂は開かれたのだった。

「森の外へ」というのは、ここでは何か鬱々として、自分の進むべき道が見つからない状態、そこからの解放でしょう。この森というイマージュでは、私はすぐダンテの『神曲』の冒頭を想い出すのですが、「人生のなかほどで深い森に迷って」という表現があります。ここでもタゴールは森というものを大自然の素晴らしい展開というよりも、道を塞がれて行き場が見つからないような、インドの森にはそういう感じもあるかもしれないですね。また、フランス語の〈tout à coup〉、「唐突に、一瞬のうちに」という感じですね。この種の経験というのは一瞬のうちに心を通過して、一瞬のうちに消えるけれども、しかし、それが決定的に何かを心のなかに残してゆくという特徴があります。ここでは全面的な解放感がうかがわれます。

もちろんそれから後のタゴールの道筋で、彼が万事に順調で、いつも幸福で、いつも喜びをもって、というわけではなくて、いろいろな苦痛も経験しています。とりわけガンディーとはまた違う道筋を辿ってですけれども、イギリスの植民地支配下にあったインドに独立の気運が燃え立っている、その時期ですから、彼としてもさまざまな経験をしてゆくことになります。それでも、彼の在り様の一番奥底では、ここで言っているような、ある種の喜びというもの、それから自分の魂が世界に向かって開かれているという、その状態自体はもう消えないわけです。そういう体験が一八八二年の、何月何日だったと特定はできないのですが（「ある日」と彼は言っています）、最近の言い方だとコルカタでしょうか、タゴールが英語で書いている時にはカルカッタですが、そこであったわけです。

私がタゴールに対して興味を持ったのは、まさしくこのことでした。この人もやはりある一瞬の体験によって、その前と後とまったく違う在り方で、謂ってみれば精神性、あるいは内面性でしょうか、そこのところでは変質したわけですね。そのことをタゴールという詩人の衷に知ったときにも、私はちょっと安心しました。

それからタゴールをすこし読みはじめたのですが、私は彼のもとの言葉であるベンガル語はまったく分りませんから、その点では何もお話しする資格はないのですが、しかし、彼自身英語はもちろん達者で、自分で幾つも訳しています。そのタゴール訳の英語のテクストや何かによってですけれども、彼は詩における音楽性をとても重視しているようです。タゴールにとっては、詩というものは音楽性を抜きにしては考えられないという、これは日本の所謂現代詩というジャンルからいうと、現代詩は音楽性を排除すべきだと高々と宣言したことがあるそうですが、私は別にそれに同意してはいませんし、そういうこととはまったく違うことだと考えられます。彼のもっとも初期のことが『回想』（*Reminiscences*）で述べられていますが、そこにはこんな件りがあります、——

「いつも私の心に蘇ってくるのは〈雨がパラパラ、葉っぱがザワザワ〉、The rain patters, the leaf quivers.なのだ。私はKara, Khalaシリーズの暴風圏を横切ったあとに碇泊中で、〈雨がパラパラ、葉っぱがザワザワ〉を読んでいる最中だが、私にとってこれが茶目な詩人の第一作（the first poem of the Arch Poet）である。その日のよろこびが想い出されるときにはいつでも、いまでもそうだが、詩にはどうして韻が必要なのかが私には理解される。何故なら言葉には終りがあるが、それでも終らないのだから。言辞は終っても、そのひびきは終らない。そして、耳と心はそれぞれの韻の受け渡しのゲームをいつまでもつづける。こうして、私の意識のなかでは、〈雨がパラパラ、葉っぱがザワザワ〉が、一日じゅう繰り返されるわけだ。」

この下のほうに元の本からの注を付しておきましたが、〈The Kara, Khala series〉というのは、これは二音節の勉強の仕方として、そういう言葉を持ってきているわけです。それから、〈The rain patters, the leaf quivers.〉これもベンガル語の初等の本のなかの言い回しだと書いてありますが、タゴールはこれが自分の最初の詩だと言っています。このテクスト自体は一九一一年に書いているからずいぶん後になるのですが。

これまでのところでは二つのこと、つまりある種の精神的な体験が彼の詩の根底にはあるのだということ、それからこの詩人は、謂わば言葉というものに対して、その言葉の意味作用だけではなくて、言葉が呼び起すある種の音楽性をとても大事に思っているということ、この二点を確認しておきましょう。彼のほとんどの作品についてそれは言えることだろうと思います。

このことを踏まえて、彼の代表的な詩集である『ギータンジャリ』(*Gitanjali*, 1910)、これは「詩の捧げ物」と言ってもいいようですが、そこから二篇の詩を選んでみました。タゴール自身の英語です。彼をヨーロッパに紹介したもっとも初期の人としては、アイルランドの詩人イェイツがいますが、この詩集にはイェイツの序が付されています。

まず「詩の捧げ物」、捧げ物ですから誰かに捧げているわけですが、その相手をある意味で恋人と言っても構わないのですが、その恋人である存在は、タゴールにとっては、ある種の神的な要素を帯びているものと考えてもいいですね。そして、それは例の一八八二年の彼の体験からいえば、私たちの日常の、あるいは通常の状態というものを超えたところで彼が出会うことのできた何かに到達し得たというよろこびですね。それを詩の表現のなかで人格化していると考えてもいいだろうと思います。ただ、タゴールを考える時にいつも彼の背景になっているインドの宗教的な雰囲気、これは確かに精神的遺産としてはとても大きなものがあった。しかし、タゴール自身はヒンドゥー的な遺産を自分の土壌、土としながらも、そこでもうすこし何か違うものに行き着いているわけです。それはヒンドゥー的な神々の問題ではなくて、世界の根元であるような何者か、ですね。そういうものに対して、彼が一種の神格を与えると言ったらいいのでしょうか、万物の創造主、それかといって、またキリスト教的な感じ方と似通ってはいるものの、そこにも捉われない、と言っていいと思うのですが。そういうものとして、これはヘルマン・ヘッセにも似たところがあります。つまり私たちの地上的な現実という観点からすると、やはり超越的なものと言ってもいいもの、そこと私たち個別の、現実の在り様で存在しているものと、その関係があるわけですが。その関係そのものが、タゴールの場合には詩の言葉として表出されてくるのです。あるいは、その関係そのものをいっそう深めると言ったらいいのでしょうか。そういうことのためにも彼は詩を必要としているところがあります。

この詩集から二篇を選びましたが、最初の詩はつぎのようなものです。読んでみることにしましょう、——

私の歌は装身具を取り外しました。彼女はもうドレスや装飾を誇りません。身のまわりの飾りは私たちがただひとつになるのを妨げるでしょうから。それが立てる音であなたの低声のささやきを消してしまうでしょうから。
詩人という私の虚栄はあなたのお姿に恥じ入って消えます。おお　詩の巨匠よ、　私はあなたの足許に身を屈めました。どうか私の生命を素朴に、真直ぐにしてください、音楽であなたを満たす一本の葦笛のように。

ここで言っている「私たち」というのは詩人である存在と、それからいま説明が充分だったとも思えませんが、申し上げたような、何かしら世界の根元であるもの、絶対的なものという言い方で言ってもいいかと思いますが、そのものですね。

そして、その絶対的な存在であるものとただ一つになるためには、無用な一切のものは省きなさいと言っているように思えます。また、詩の表現に関していえば、いちばん大事なことがそれで語られなくなってしまうから、表現のなかから無用な虚飾を全部省いて大事なものだけを掬い取りなさいと言っているとも理解できます。

最後の部分は英語の表現では、――〈Only let me make my life simple and straight, like a flute of reed for thee to fill with music.〉となっています。

それからもう一つ、同じ『ギータンジャリ』から持ってきました。冒頭の〈In one salutation to thee, my God〉、これをどう訳したらいいのか、このoneはかなり強調されているのかなと思いますが。


至高のご挨拶のなかで、わが神よ、あなたの足許で、私の感覚のすべてがひろがってゆき、この世界に触れ得るようになさってください。

いまにも降り出しそうで、まだ降らない驟雨を含んだ七月の低い雲のように、至高のご挨拶のなかで、私の心があなたの扉のまえに額づくようになさってください。

幾つもの私の歌のリズムがただひとつの和音となって整い、至高のご挨拶のなかで、沈黙の海へと流れ込むようになさってください。

鶴の群が山のなかの彼らの巣へと、昼も夜も、飛び帰ってゆくように、私の生のすべてが、至高のご挨拶のなかで、その永遠の塒へと急ぐようになさってください。

この詩は先ほど言いました一八八二年の体験を重ね合せてみると、とても分りやすいですね。世界の全部が自分のなかに一気に流れ込んできた、というように、今度は私の感覚のすべてが拡がってゆき、この世界に触れられるようにしてくださいというわけです。それから、そのつぎの節で、Like a rain-crowd of July hung low with its burden of unshed showersというふうにずっと書いてありますが、どうか私の心を謙虚にしてくださいますようにという感じですね。そして、詩の全体は根元のものとの合一を希っているわけです。

ここですこし息抜きをしましょう。今日は何冊か興味深い本をお持ちしましたが、このラビンドラナート・タゴールの画集はドイツのインゼル(Insel)という出版社から出た水彩画集です。インドで出版されたものも持っていますが、それは色の印刷がよくないのでこのほうを持ってまいりました。タゴールは若い頃は絵を描いていませんが、一九二四年に南米に旅行した際、体調を崩してアルゼンチンのビットリア・オカンポという女性詩人の世話になり、彼女の勧めで画筆をとるようになりました。画面はインドの熱気のようなものが感じられるファンタスティックなものですね。タゴールの絵を、パウル・クレーのある種の絵と比較している文章もあるのですが。きっと熱帯の夜というのは真っ暗になるのだろうという感じにも思えるのですが。とてもきれいなのもあります。

一九八八年には、当時の西武百貨店の最上階にあった美術館でかなり大規模な〈タゴール展〉が催されましたから、ご覧になられた方もおいででしょう。そこにも、彼の絵の発端を示すようなものがあったと思いますが、詩の原稿の書き損じ部分を墨で消したりしたところから、何かのイマージュが現れ出たりするわけです。それが彼の絵の誕生でもあったようです。その頃、自分の文章で「言葉の背後から現れ出てくるタゴールの絵」というようなことを書いた記憶があります。

先刻はタゴールの『ギータンジャリ』から二篇ほど取り出してみました。タゴールのノーベル賞受賞は一九一三年で、『ギータンジャリ』がその対象になっていますが、イェイツのような詩人の尽力がずいぶんあったようです。タゴールはインドのことをヨーロッパに知ってほしいという気もちが非常に強かったためですが、おそらく彼がいちばん当てにしていた一人にロマン・ロランがいました。ロマン・ロランも矢張りインドの独立運動に対して非常に強い共感を抱いて、ヨーロッパでそのことについてさまざまなアピールを出したりしていますから、インドの当時の人では、ガンディーもタゴールも彼を訪ねています。後にインド独立の父ともよばれたネルーも訪ねているという、その他にも何人ものインド独立運動を展開していた指導的な立場の人たちがレマン湖畔のヴィルヌーヴの村を訪ねています。

さて、つぎには彼の『果物籠』(*Fruit-Gathering*)から、二篇の詩を読んでみることにしましょう。フランス語では、詩集の標題は〈La corbeille de fruits〉となっています。なお、『ギータンジャリ』もフランス語訳がありますが、訳詩は美しいかどうか分りませんが、アンドレ・ジッドが全部を訳しています。ですから、西欧世界では、タゴールの仕事にたいする関心は日本などと比べても遥かに強かったと言えるかもしれません。それで、〈*Fruit-Gathering*〉の方ですけれど、こちらは元々が一纏りの詩集というよりはいろいろな機会に彼が書いたものを集めて一冊に整えたという感じのものですが、はじめに置きましたものは『ギータンジャリ』とは幾らか雰囲気が違ってきています。


幾すじもの道のあるところで、私は自分の道を見失う。

広大な海原には、空の碧さのなかには、どんな道筋も記されていない。

鳥の翼により、星々の煌きにより、移りゆくさまざまな季節の花々によって、小径は隠されている。

そこで、私は心にむかって訊ねるのだ、おまえの血は見えない道の叡知を辿ることができるのかと。


これはいかにもタゴールらしいという感じのものですが、こういう種類のものが彼の詩にはかなりあります。矢張り詩人であって、一口で言えば賢者でもあるのでしょうね。ですから人間の在り様とか生き方とかについて、絶えず詩を書くときに、あるいは詩を書くときだけではなくても日常的に考えているということ、後には自分で学校まで創設して、教育を一生懸命に、当然当時のインドのようなところでは、なおのこと必要だということもあるのでしょうが。

それから、ちょっと面白いのでフランス語でタゴールの詩を表現するとどんな音になるかというものを持ってきました。私が訳したのではありませんが、この〈*La corbeille de fruits*〉からのものを一篇読んでみましょう。

Je saisis ma lampe terrestre, et sortant de la maison, je criai : 《Venez, enfants, j'éclairerai votre sentier !》

La nuit était encore profonde lorsque je m'en revins, laissant la route à son silence et criant : 《Éclaire-moi, o divin Feu ! car ma lampe terrestre gît brisée dans la poussière !》

英語とは音の響きが違ってきますけれども、意味はすこしも難しくありません。

私はこの世のランプを手に取り、家を出て、叫んだ、《おいで、子どもたちよ、おまえたちの道を照らしてあげるから。》
道を沈黙に委ねて戻ってきたとき、夜はさらに深かった。私は叫んだ、《私を照らしてください、おお　神的な火よ、私のこの世のランプは毀れてしまい、塵に埋もれていますから》

前半部分はそのまま取っていいのですが、同時にタゴールが教育に熱意を注いだということから考えると、そのこととも結びついてくる表現ではあります。子どもたちにむかって、おまえたちが辿る小径を私は地上のランプで照らしてあげるよ、というふうに。そして、今度は後半にゆくと一転して、何かしら自分を大きなものの力に委ねるという言い方でいいのかもしれません。こうした詩から、彼が詩人として何をテーマにして歌ってゆくのかというようなことが窺われると思います。

ここまでお話ししてきて、やっと今日いちばんご紹介したいところに辿り着くわけですが、ともかくこんなふうに私はタゴールに関心を持っていました。そんな時期に偶々神田の古本屋で、タゴールの〈*Lucioles*, 1930〉という一冊の本を見つけました。その『螢』という本は何処か俳句との共通性をも感じさせる短詩集です。二十世紀になるとタゴールに限らず、西欧の多くの詩人たちが俳句という短詩型に強い関心を示し始めています。ごく最近では、私の馴染みのボヌフォワなどもそうですが、彼と同世代のスイスの詩人、フィリップ・ジャコッテ、あるいはすこし溯りますが、リトアニア生れのフランス語詩人ミロッシュもそのひとりです。

タゴールの『螢』という詩集はその「序」によると、「中国や日本でしばしば求めに応じて扇面や絹布に想うことを書き記したことから、この『螢』が生れた」ということです。アメリカへ赴く途次に立ち寄った機会なども数えると、日本訪問は六回とも言われています。当初、彼は日本にたいして大きな期待を抱いていましたが、彼が訪れた時代の日本の急速な科学技術優先の近代化政策と帝国主義化とは彼にひどい失望を感じさせました。幻滅は大きかったようです。また、そんなタゴールの発言に、当時の日本の知的階層もむしろ反撥を強めたようで、真の精神的交流のためには残念なことですね。

この一冊には、二六〇篇ほどの短詩、あるいは詩的断片が収められていて、ご覧のようにアンドレ・カルプレースという女性の手になるインド更紗みたいな図柄で飾られています。素晴らしく美しい本だと思いました。それだけに入手したときには、とてもうれしかったです。そして、ヴェルハーランの『夕べの時』の場合と同じように、タゴールの詩想を理解するために、早速詩篇の一つひとつを順次訳してみることにしました。それが終った頃に、偶々アポロン社という出版社がタゴールの著作集を出すというので、その一冊に『螢』も収録されることになったのです。

今回、そのなかの幾つかを選びながら、すこしだけ訳に改めて手を加えました。基本的にはその時に訳したものですが、俳句を作られる方にとっては、こうした詩句を理解することで表現内容に膨らみをもたせることができるかもしれないと思いますが、いかがでしょうか。

まず、冒頭の一篇です、——

私の心に想いうかぶものの数かず……螢たち、
　夜のなかにきらめく
　　生きている火花たち。

これは自分の心に浮んでくる想いとか、また、ときにはイマージュとして考えてもいいでしょうね。それが恰も夜の闇のなかの螢の光のように浮んでくるので、それを書き留めるのだという感じで、一篇ずつ置いてゆくわけです。タゴールのさまざまな種類の意想がこの『螢』の短詩集にはあるのですが、今回は自分の話に合せて、ある共通の特徴を持つものだけを選んでみました。詩についての彼の考え方ですね、それが表現そのものから浮んでくるような種類のもの、それを選び出してみました。そうすると、つぎにはこんな詩篇です、——

意味によって重い私の作品が
　時間の底にまっすぐに沈んでしまっても、
　　たぶん　軽やかな私の詩句は

なお　時間の波の上で舞うだろう。

考えようによっては、詩にとっていちばん重要なのは意味ということでもない、と解釈してもいいですね。そうではなくて、タゴールにとって詩は同時にリズムであり、歌でもあるということを含めて読めそうです。

あなたの想い出となるにしては
　私のささげ物はあまりにささやかですが、
　　きっと　あなたはそれを憶えていてくださるでしょう。

これも先ほどからの「あなた」という表現、それと合せて考えてみるといいでしょう。自分の「ささげ物」というのはもちろん、私が詩を書くということ自体、私から絶対者である「あなた」へのささげ物であるわけです。それがあまりにささやかである、これは詩人の謙虚さの表れですが、「あなた」は抽象的な存在であって、幻に過ぎないとも考えられますが、あるいは世界の根元だと考えれば、それは存在として、幻でもなくなるかもしれない。いろいろな読み方があると思います。

もしも私の名まえがあなたに重荷でしたら、
　私のささげ物から名まえを消して
　　私のうただけを受け取ってください。

これもいいですね。私は詩人だぞとか、私の名まえを覚えておけ、という尊大さではない、ずっと村に伝わっている大昔からの歌などはまさしくこんなふうですね。誰が作ったのか、などというのではなく、しかし、皆が知っていて歌っている、というようなもの、それはもう名まえを持たない歌ですね。世界の至るところにそういう名まえを持たない歌というものがあります。ほんとうは作者の名まえの残らない歌だけが残るといいなと私は思います。

思考の潮の上で一点がきらめく、
　すると私の精神は身顫いする、

さながら　けっして再びはめぐってこない水の
　突然の音符に　小川がふるえるように。

抽象的な性質のことを扱いながら、みごとにイマージュを沿わせて、その言葉の持っている含みのようなものが言い様もなく、巧みに表現されていると思います。

歌によって私は神に到る、
　滝によって
　　山が遥かな海に到るように。

すこしありきたりな比喩の用い方とも思われますが、ぎりぎり短い言葉で、言いたいことはそれなりに書かれているように思われます。

はじめての花が地上に咲いて
　うたに生れ出でよと頼んでいる。

これは私たちも経験していて、よく分りますね。たんに花だけではなく、何処かの風景であろうと、「あなたが詩人であるならば、私のことを歌ってください」と世界の諸々のものが私たちに呼びかけているかもしれません。

私の紙の舟は
　何処かの目的地に到り着くためではなく、
　　時間の波の動きの上で踊るためのものだ。

「私の紙の舟」を何に置き換えて考えたらいいでしょうか。私の仕事の全部だって謂ってみれば「紙の舟」みたいなものです。それは何かに到達するためのものというよりは、それが現になされているその時間に生きているのだと言いたいのかもしれません。それからそのつぎは、——

一輪ずつの新しい薔薇が私に

永遠の春の〈薔薇〉からの挨拶をつたえる。

これはある意味で個別の存在というものの奥に、何かしら原型的なものを見て取るというような、これもインドの詩人だけに限らず、ヨーロッパの詩人にもよく感じられる一つの在り様でしょうね。個別のものを通して、そのもとのものを見るという、それを同じイマージュのなかで見て取るということでもあるのですが。個別から普遍へという道筋で考えてもいいと思います。それを「一輪ずつの新しい薔薇が」というように薔薇の花に託して言っているところが、矢張り詩人だから哲学者とは違う、非常に新鮮なイマージュを持ってくるわけです。

若葉の顫えのなかに
　私は見る、目には見えない大気の踊りを。
　　若葉のきらめきのなかに
　　　私は見る、空のひそかな鼓動を。

この一篇も言葉通りに、そうだろうなと思われるのですが。この詩句を受け取った時に、私たちが若葉のきらめきや、若葉の顫えを感じ取るだけの感性を具えていないといけないということかもしれません。

今日　雲のかかった空は
　夢みている永遠の　額の上の
　　神的な悲しみの翳に似ている。

詩としての何かが三行のなかではっきりと見えてくる感じですね。タゴールにはこうした詩句を、乞われたときに即興で書くことができたのでしょうが、そのためには、おそらくいつも〈詩〉に心が浸されていなければならないと思います。

子どもよ、おまえは私の心に齎してくれる、
　風と水とのおしゃべりを、
　　物言わぬ花々の秘密を、雲の夢を、

驚きに口をつぐんでいる朝の空のまなざしを。

とてもきれいな短詩です。この最後の、「驚きに口をつぐんでいる朝の空のまなざし」などという言い回しは借りてみたいという誘惑を感じさせるところがありますね。ですから、非常に単純な言葉を使っても、それだから単純なことしか言えないということはけっしてないということです。ボヌフォワにしても、矢張り「詩とは氷が解けて、泉が流れはじめるのを見ることだ」と言っている、その単純さですね。それだけのことのなかで、詩は感じ取れるのだと言っているわけですが。もちろん、次第によってはさまざまに、その後を展開してゆくことも可能になるわけです。とにかくそのいちばん元のところにある自分、タゴールのように言えば、自分の感性を全開して、そこに流れ込んでくる世界を全部自分が受け取ってゆくということですね。そのことによって、何かしら詩というものが、さあ詩を作るぞというのではなくて、もしかすると自然に生れてくるようになるのかもしれません。

つぎの詩句では英語であれば〈thou〉という言葉にあたるわけですが、すこし古めかしい語で〈おんみ〉というふうに訳してみました。

〈おんみ〉と〈われ〉との両岸のあいだには

　私の自我というざわめく大洋が拡がっている。

　そして　その波打つ大洋を私は横切ってゆきたい。

ある意味でタゴール自身も〈自我〉というものが非常に妨げになると言っているわけです。単に詩人としてだけではなくて、インド的な、まあ宗教と言わなくてもいいのですが、精神的な在り様としても〈自我〉というものはいつも妨げだと。「俺が、俺が」というその〈俺〉ですね。「私の」欲望だったり、「私の」邪念だったり、「私の」嫉妬心だったり、「私の」競争心だったり、あり余るほどの〈自我〉の発露を私も持っていますが、本来の在り様からすればそれは妨げだということです。結局、そうでない在り様のなかに自分を置くことが大事だということでしょう。

私の生の弦が
　あなたの指の弾奏の下で
　　一つの音楽となってうち顫えますように！
　　　同時にあなたのものであり　私のものでもある音楽となって。

これもタゴールの詩人としての在り様の神髄みたいなものですね。それから、私をあなたの楽器として使ってくださいと言いながら、それはあなたのものでもあって、同時に私のものでもあるという。ですから、詩作品としても、彼はその域に到達すること、それを表現することを考えている、そういう詩人であるわけです。あるいは詩人としての作品だけでなしに、インドの人ですからたぶん日常の在り様としても、そのように考えていただろうと思います。

私の生を鋳型としている内面の世界が
　さながら歓喜と苦痛とによって熟した果実のように
　　太初の土の幽暗のなかに落ちるだろう、

さらに新しい創造をつづけるために。

これも何かしら一つずつの個別のものが個別の在り様としては終りながら、なお連続性に連なっているという考え方を提示しています。同時にこの表現のなかでは、歓喜と苦痛の両方を並置しているところに面白味があると思います。

それからつぎの最後のページに行きましょう、あと残り時間は僅かですから。

生の果実と花々とのまえで
　感じられるこれらすべてのよろこびを
　　完全な愛の合一のなかで
　　　祝祭の終りにあなたに捧げることをお許しください。

一種の祈りの言葉ではありますが、私たち自身が生きているときのさまざまな経験とか、目にするもの、耳で聞くものとか、それらすべてからよろこびを受け取りながら、感じ取りながらと言ってもいいだろうと思います。「完全な愛の合一のなかで／祝祭の終りにあなたに捧げること」、この「捧げる」というところでは、矢張り表現者としての問題が出てくるわけでしょうね。先ほどから言っているように、彼にとっては詩を書くこと、あるいは書くという以上に詩が生れると言ったらいいのでしょうか、内側から何かに促されて生れてくるということだろうと思いますが。

星々が現れるまえの
　太初の幽暗に似て空虚な
　　私の生の横笛が
　　　その最後の歌のしらべを待っている。

これは謂わば表現が生れる前の在り様として考えてもいいのかもしれません。待っている状態です。そうすれば、「私の生の横笛が」歌を奏で始めるかもしれないわけです。そのつぎの詩句でもそうですが、タゴール自身、ほんとうに音楽を自分で奏でることも好きだったみたいですね。

私の生が　孔の開いている横笛みたいに
　多彩に演奏する、
生の希望と歓喜との音程を通じて。

これは説明も不要かと思います。真の詩人にとっては、生そのものが同時に詩でもあるのでしょう。というわけで、つぎの詩に移りましょう。

身軽な小鳥であるあなたの歌が私の憩いの巣に到りつくと
たたまれている私の翼は
　雲の上の
　光への旅を夢みる。

なかなかイマージュとしては美しいですね。「雲の上の／光への旅を夢みる」というような表現では申し分なく詩人の本領を発揮していると思います。それからつぎのものはこんなふうです、――

私は自分の歌を背後に棄ててゆく、
　絶えず生れ変るスイカズラの開花に、
　　そしてまた　南のそよ風のよろこびにそれを委ねて。

私は絶えず一つの歌が終ればそれに執着していないで、だからこそ、さらにまた新しい歌が宿る余地が生れてくるのでしょう。それから次第に詩集『螢』のお終いに近づいてゆきます。ご紹介するのは詩集の最後の二篇です。まず、——

私の旅が終るまえに、
　私自身の奥底で
　　すべてである〈あの存在〉に到りつければいい！
外被は偶然と転変との大きな流れの上の
　無数のものとともに
　　漂い浮き、また消えてゆくままにして。

一種の解脱の心境の表明みたいなものです。そして、その『螢』のいちばん最後に置かれているのがつぎの七行です。

やがて死が訪れて　低声で
「おまえの日々は終った」と私に言ったら、
私が死に答えられればいい、「私はただ生きたばかりではなく、
　愛のなかで生きたのです」と。
死は問うだろう、「おまえの歌は生きのこるか」と。
私は答えよう、「それは私にはわかりません。でも私は知っています、
歌いながら私はしばしば永遠性を見出したことを。」

数多くの短詩を並べていった時に、彼はこれを矢張り一冊の最後に置きたかったのでしょう。そして、最後に置きながら、「おまえの歌は生きのこるか」という問いにたいして、「それは私にはわかりません。でも私は知っています」と応じて、詩作という行為そのものを通じて、永遠性とでも名

づけ得る何かに自分は絶えず触れていたということだけは言えると肯定しているわけです。
死を見据えながらの、この断言で終っていることが、私には大きな慰めにも、励ましにも思えたのでしょう、ともかく全篇を自分で訳してみようという気もちになったのですから。そうすることで、自分の理解がそれなりにいっそう深められたことは慥かでした。その作業を通じて、タゴールもまた、片山敏彦やヘルマン・ヘッセやヴェルハーランと同じように、若い時期の私自身の詩にたいする考え方や詩表現そのものに大きな影響を残しただろうと思います。

ともかくタゴールに関してはこれだけのことを申し上げて、次回からはフランスのマルセル・マルティネについてご紹介したいと思っています。三回ぐらいを予定しています。その第一回目としては、この詩人の非常に若い頃の未発表詩集に焦点を当てて、その抒情性みたいなものをご一緒にすこし考えてみることにしましょう。この詩人は一九四四年に亡くなっていますから、個人的に直接の接点はないのですが、一九七二年から翌年にかけての、私のフランス滞在の折には詩人の伴侶だったルネ・マルティネはじめ、ご家族の方がたにとても大事にされた想い出をもっています。ですから、そのことへの思い入れや感謝をも込めて、この詩人のことをどうしてもお話ししてみたいわけです。まだまだ厳しい季節ですから、どうかご健康には充分ご留意ください。長時間、どうも有難うございました。

マルセル・マルティネ 一

今日から三回くらいの予定で、マルセル・マルティネという十九世紀の末近くに生れて、二十世紀前半を生きた詩人についてお話をさせていただきます。最初に詩人自身のことを彼の詩篇によって紹介したいと思うので、資料をご覧ください。そこにフランス語のタイトルは〈Intérieur〉、「室内」という詩がありますが、たぶん今の私たちにも非常に分りやすい詩だと思うので、そこから詩人を紹介してゆきましょう。取り敢えず一度読んでみます。

私の妻と子どもたちが夕食をしている。
(疲れて、私は彼らの背後のベッドに横になっており、
まるで今夜は人びとの目にはみえない訪問客のようだ、
他の夜な夜なには　私も
身体によって参加しているつつましい光景よ、
まなざしと、心と魂とによって、私は
つつましい光景よ、おまえを凝視める。)

白い陶器のランプが
胡桃材のテーブルの上に置かれている。
（そこにあるものすべてが私にはみえる。）

天井の梁がみえる、
丈高い煖炉がみえる。
深く動悸を打っている大時計
それから　身を屈めている幾つもの長い影が
壁の粗塗りの上で縮んだり、伸びたりする。
そこにあるすべてのものが私にはみえる。
私にはみえる、彼ら、おぼろげな光の輪を
纏っている暗いものたちの姿が。

かつて在ったすべてのものが私にはみえる、
いつかあるだろう他のものたちが。
そして　今夜ほど（身体は不在のままで）

私が自分のすべてを込めて
参加したことはなかった、
存在の　このおおいなる神秘に、
時間の　このおおいなる神秘に。

かつて生きていた人びとを私は想う、
生れ出ようとしている人びとを私は想う。
そして　無数の他の生命のなかに
同じひとつのかがやきを見ながら
今夜　私は想うのだ、
おそらく　これ以上におおいなる真実はないだろう　と。

何も説明は必要ない詩ですし、おそらく私たちがよく書くような詩に、ある意味で日常性と言ってもいいところですが、それにこの詩人のものとしてはもっとも近いタイプの作だと思います。詩人のほぼ中期のもののようですが、詩人自身の存命中には発表されませんでした。冒頭二行目に「疲れて、私は彼らの背後のベッドに横になっており」と書かれていますが、この辺りから、彼の生涯をすこしずつほぐして説明してゆく必要が出てくると思います。

資料に、彼についての他の人の紹介文を置きましたが、そこにありますように、彼は一八八七年に生れて、一九四四年に亡くなっています。生れたのはブールゴーニュ地方の中心都市ディジョンで、この町にはやはり大聖堂がありますが、この町の名によって、日本で一番有名なのはマスタードでしょうか、ディジョンのマスタードはたぶんよく知られているかもしれません。旧市街では古い建造物の屋根瓦が非常に面白い、一色ではなくて多色で葺かれています。そして、ディジョンからずっと南東に下ってゆくと、スイスとの国境を越え、レマン湖の辺りローザンヌに到ります。ローザンヌはオリンピック委員会の本部とか、スイス・ロマンド交響楽団など、あるいはバレエ・コンクールでも有名ですが、そのローザンヌ辺りでも同じように縞模様になっている屋根が見られます。歴史的に溯ると、その辺り一帯がかつてサヴォワ公国と呼ばれていた領域です。その、一番パリ寄りのところがディジョンだとお考えください。現在は列車がとても速いから、たぶんパリから一時間ほどの距離かと思います。

そこに生れて、慥か十二歳ぐらいで彼は父親を亡くしています。いろいろな詩人に共通する要素がそこには見られるのですが、母親が学校の先生で、かなり躾けも厳しかったようです。厳格な母親というのは詩人や芸術家の場合によくあるもので、ランボーもそうですね。それから画家・彫刻家のジャコメッティは父親も画家ですが、母親は非常に立派な見識のある人だったようで、南スイスの山奥の谿間の村ですが、その辺り一帯では相談ごとがあると、母親のジャコメッティ夫人に土地の人びとが会いに来るというような女性だったようです。

それから、このブールゴーニュですと、ディジョンの割合近くに生れた作家でロマン・ロランがいますね。クラムシーという町です。ロマン・ロランも、やはり母親が一家を執り仕切っていて、息子の教育のためにブールゴーニュの田舎町から一家あげてパリに出てきてしまったということで、典型的な教育ママと言うのでしょうか、それでロマン・ロランはパリに出てのち、終生、故郷に非常に懐かしい気もちを持っていました。

そして、マルセル・マルティネからちょっと離れますが、ロマン・ロラン自身が高等中学の時期にパリで代表的なルイ・ル・グラン高等中学(Lycée Louis le Grand)、ルイ十四世、大王ですね、そのルイ大王高等中学に通っています。もう一つアンリ四世高等中学(Lycée Henri IV)というのがあって、その二校がかつての時代に代表的なエリート校ですね。そのルイ・ル・グラン高等中学を出て、ロマン・ロランはさらにエコール・ノルマル・シュペリウール(École Normale Supérieure)という、これは「高等師範大学」という訳し方をします。このエコール・ノルマル・シュペリウールと、もう一つ大学レベルだと、かつての時代、一九六八年から学校制度も大きく変っていますが、六八年というのは「五月革命」と呼ばれるあの大きなできごとがあって、フランスでは、そういうことがあると根本的に学校制度も改革されます。そのエコール・ノルマル・シュペリウールと、エコール・ポリテクニック(École Polytéchnique)と呼ばれている学校があります。「理工科大学」でしょうか、それらが所謂名門校で、卒業生たちは自ら「ノルマリアン」とか「ポリテクニシャン」とか誇らしげに称していますｊ。

さてマルセル・マルティネですが、彼も同じように学校の先生でもあった教育ママに育てられています。ディジョンにいる時には非常に散歩が好きで、自然も好きで、それから農村で働いている人たちも好きで、というふうでしたが、彼もまたパリに出て、同じルイ・ル・グラン高等中学に入学し、そこから高等師範大学に進んでいます。ロマン・ロランと二十年くらい時期が違うのですが、まったく同じエリート・コース、申し分なくということですね。卒業すれば高等教育教授資格を得るわけです。例えば有名な人で、大学の先生ではなくても、哲学者のアランはずっと高等中学で哲学を教えています。マルティネはどうしたかと言うと、彼は教職には就かずにパリの市役所勤めを選びます。この辺りから彼の本領がある意味で発揮されてくるわけですが、つまり、自分は社会的エリートとして生きてゆくよりは民衆の側にいつもいるのだという感じなのです。

私自身がこのマルティネという詩人に興味を持ったのはその辺りのことからでした。そのパリ市役所勤めをしていて、高等師範大学の卒業からほどなくの時期ですが、第一次大戦が始まるわけです。一八八七年生れですから、年齢から言うと二十七歳くらいですか、たぶん、次回にそこは集中的にお話ししたいと思いますが、その市役所勤めをしながら、街なかで反戦ビラを撒くのです。なかなか大変です。今のような時代ですと、反戦ビラを撒くと言っても、あるいは政府がいい加減なことをやるからといってそれに抗議するデモにしても、それほど抵抗なしに運動に入ってゆける場もあります。ところが、二十世紀初頭のこの時期に、この戦争は許し難いものだというふうに、市中で反戦ビラを撒くというのはなかなか大変なことだったと思います。とりわけ、普仏戦争敗北後の反独感情がフランス全体に強かった時期でしたから。

ただ、マルティネにある意味で好都合だったことは、ジャン・ド・サン=プリ（Jean de Saint-Prix）という友人がいて、ともに反戦活動したことでした。非常にすぐれた若者でしたが、第一次大戦後ほどなく亡くなりました。この友人がかつての共和国大統領エミール・ルーベ（Émile

Loubet) の孫でもあった関係で、官憲による逮捕は免れたとマルティネ夫人から聞いたことがありました。ほんとうはとてもそんな雰囲気ではなかったのでしょうが。マルティネは詩集のなかでは、後にこの親友ジャン・ド・サン=プリのことを「アリエルArielよ」という言い方で何回も呼びかけています。アリエルとは、シェイクスピアの『テンペスト』ですとエアリエルですね。風の精、空気の精ですか、大気の精なのかな、自由自在に何処ででも呼べば飛んでくるという精がいますが、それがフランスでの発音だと「アリエル」です。

やがて体質的なものもあったのでしょうが、一九二二年頃からはほとんど重い糖尿病で、動きがままならないという感じになってきています。先ほど読みました「室内」という詩の二行目のところですが、これはもうほとんど病人であるからというわけです。ですから自分は家族の団欒の様子を離れて見ている。それから部屋のなかの様子をその詩ではずっと目で追っている。見えているものだけではなくて、つぎに、最後の二節目のところは、いかにもこの詩人が本領を発揮しているといったところですが、

「かつて在ったすべてのものが私には見える／いつかあるだろう他のものたちが」、過去も、未来も、それを含めてすべてが自分に親しいものとして見えてくると言っています。

何気ない日常生活の雰囲気を描きながら、そこからすっと抵抗感なしに、自分の〈存在〉とか〈時間〉とかについての考えを、べつに難しい哲学としてではなしにそこに持ち込んできて、一つの詩篇を作り上げているわけです。

この「室内」だけではないのですが、こういう詩が一方にあって、それから次回はこの詩人の、第一次大戦との関わりですね、そこから生れた一連の詩が『呪われた時代』というタイトルの詩集になって、おそらくこれは私が知る限りでは一冊の詩集全体が、謂わば反戦の主張というものを詩の形を持って表現しているということでは、それ以前には纏ったものとしては存在していないのではないかと思います。そういうものがあることを私は若い時に知ったわけです。

詩人自身は一九四四年に亡くなっていますし、そのときには私はまだ十二歳ですから、当然、この詩人のことも彼の生前には知らなかったわけです。若かったですから、やがて自分の好奇心も活発に動きはじめ、この詩人のこともよく知りたいと思うようになり、幾らかは片山敏彦を通しても知り得たわけです。片山がマルティネについて語っているというのは当然なのです。彼らはある意味で、ロマン・ロランを介して友人同士でもあったからです。同様に片山と入れ替わりに渡仏した彫刻家の高田博厚もそうでした。

そんなことから私も日本にいる間にマルティネについて、作品にはだいぶ馴染んでいたのですが、大学勤めが早くに始まったので、私は自分が希望したような形でフランスへの留学を果たすことはできませんでした。大学院に在籍中から助手になってしまったものですから、身動きがとれなくなって。漸く一九七二年に所謂在外研究の許可を得て長期滞在となったのですが、そのすこし前にマルティネの、非常に面倒見のよい伴侶が、先ほど「室内」の詩に出てくる「私の妻と子どもたち」というその妻ですね、ルネ・マルティネというおばあちゃんですが、そのルネ夫人がご存命だったので、前から文通はしていましたが、彼女と連絡を取りました。彼女の住まいのすぐ近く、パリ十五区という南のほうの界隈ですが、そこに「お前はパリではここに住むことになります」というような指示がありました。ごく慎ましい、ひとつの家族が経営しているホテルですが、そこからですとマルティネ夫人のところまで歩いて十分足らずで行ける距離でした。このホテルの家族ともすぐ仲良くなり、いろいろ扶けてもらいました。このホテルの若夫人は地中海の詩人ガブリエル・オーディジオの孫娘でした。

当時はパリのモンパルナッス大通りに、ロマン・ロラン夫人がまだご存命で、ロマン・ロラン研究所（Archive Romain Rolland）を開いていましたから、一方ではそこに週に二回通って、ロランの未公開資料を漁り、水曜日にはそのマルティネ夫人のところに昔のマルセルの知り合いとか、その他いろいろな方が訪ねてくる、所謂サロンのスタイルが残っていたのですね。それで日本から来ている人がいて、ということで、私も仲間入りさせていただいて、というのもおかしいですが、まあそれぞれが好きにやって来て、あれこれお話しして、花を持ってきたり、チョコレートを持ってきたりして坐っているのですが、おそらく通常の留学生だったらそんなところまで一気に入ることは不可能だというような、知的なレベルの高い人たちの雰囲気のなかに迎え入れられたわけです。

これは私の個人的なことになるのですが、いまお回しするこの冊子のなかで、「マルセル・マルティネの友の会」の会報ですが、その一番後ろに会員の訃報が付されていますが、まったく予想もしなかったことでしたが、私の留守宅で、幼い娘が不慮の事故で亡くなったことが報じられていました。日本では考えられないですよね。半ば公的と言ってもいいような誌面に、――「私たちの日本の友人シミズシゲルがパリでマルティネ夫人の傍に滞在していたときに、日本で、三歳半になる彼の幼い娘が事故死したことを彼は知らされた。この悲劇的な報せに心を動かされたので、彼にもシミズ夫人にも、私どもの心からの哀悼の意を信じていただきたいと思う」と直訳すればこんな記載があったわけです。吃驚しましたね。私がどんな雰囲気のなかに置かれていたかがお分りいただけるかと思います。

それから同じ会報の別の号ですが、もっとずっと大事なことです。このページの写真をご覧ください。レマン湖畔ヴィルヌーヴでのものですが、非常に重要な記念的な写真です。腰かけている五人の列は左から、ロマン・ロランの父、ロランの妹のマドレーヌ、詩人タゴール、ロマン・ロラン、それからタゴールの義理の娘です。その背後の二人は左がタゴールの友人で、右がマルセル・マルティネということです。とてもよい写真だと思います。ロランからマルティネに送られたものらしく、裏面に――「マルセルに／友人たち／ロマン・ロラン／マドレーヌ・ロラン／ヴィラ・オルガの想い出に／一九二六」とマドレーヌのもの以外はロマン・ロランの筆跡で書かれ、マドレーヌ・ロランも自筆でサインしています。

他にもいろいろな写真、若い頃のマルセルのものだとか、夫婦でのチュニスへの新婚旅行の折のものだとか、何十年もまえの家族のものだとか、その他をマルティネ夫人からはいただきましたが、愈々長期滞在を終えて、私が帰国するときには彼女は〈au revoir〉ではなく、〈les derniers adieux〉という言葉を使いました。もう再会はないということで、非常に強く印象に残りましたが、お別れして、数カ月後に亡くなりました。

それでは今日の後半に入ります。資料の一ページ目に戻りますと、最初にマルティネについての、長い紹介文からごく短く引用したもので、こんなふうに書かれています。これはマルティネ夫妻の友人だった詩人ヴィオレット・リーデルという女性の文章です。

「マルセル・マルティネのすべては詩人としての彼のなかにある。感情、情熱、歓びと苦しみ、それらは彼のものでありながら、また万人のものでもある。何故なら彼は人間たちのなかの人間であり、大暴風からこの上なく脆い花々にいたるまで、情熱を込めて大地を慈しむ愛であり、人間の条件によって惹き起される苦悩、反抗、希望であり、すべての人間との一致であり、自然との一致であるからだ。この世界に対して、コスミックな感覚を具えていたこのすぐれた革命家は何一つ分け隔てしなかったし、何一つ抛げ棄てはしなかった。彼は真正な宝のすべてを愛し、人間とその素晴らしさの数かず、大地と空とそれらの素晴らしさの数かずを愛した。

無数の愛、そして、それぞれの愛の無数の貌。

Mille amours et mille aspects de chaque amour,

マルセル・マルティネはすべてを所有しており、詩作することでそれらを私たちへのみごとな贈り物にしてくれた。」

これは詩人が亡くなった後で書かれたものです。今日、話の中心に据えたかった詩はこれからすこしずつご紹介しますが、彼のもっとも初期のもので、そして、おそらく今後も一冊の詩集としては公刊されないだろうと思うものです。先ほどから自慢めいてお話をしたようですが、私はこのマルティネの一家と仲良くなったものですから、マルティネ夫人が貸してくれた原稿で読んだのですが、もっとも初期の作品で、マルセル自身は〈Livre d'amour〉、「愛の詩集」とタイトルを付けたかったようでした。それを、ほとんど本になりそうな時に、ほぼ同じ世代にシャルル・ヴィルドラックという詩人がいて、別に意地悪をしたわけではないのでしょうが、〈Livre d'amour〉という同じタイトルで詩集を出した。そういう経緯があったと聞きました。それで彼は今度は〈Livre d'heures〉と別のタイトルを考えたようです。これだと、時間を決めてお祈りをする、そのお祈りの本、つまり「時禱詩集」というわけで、リルケの〈Das Stunden-Buch〉と同じです。いずれにせよ、これは原稿のまま残っていました。ルネという八十五歳のおばあちゃんとその娘のマリ・ローズと二人で、宿で退屈している時に読んでくれたら嬉しいと言うので、私は自分の旅舎でそれを読みながら幾篇かを原稿から書き写してきました。矢張り世界じゅうの何処にも紹介されないままでは、詩人としてもつまらないでしょうから、所謂若書きの詩ですが、ここでも日本語で幾つかを読んでみることにしたいと考えて持ってきたわけです。

若々しくて、抒情的な感じのものです。これが数年後には、先ほど言いましたように、非常に厳しい反戦の詩を書くようになってゆくというのが、考え難いほどリリックな若者の詩ですね。先ほどお見せした写真の時期だと思います。

最初は「あまりにも開いた薔薇は」、La rose trop ouverteという詩です。

La rose trop ouverte

あまりにも開ききった薔薇は死を成就する。
そして　ランプの下で薔薇が散った、
夜半に目覚めて私が夢みている芳香の漂う詩の
想い出のなかに　夢の断片を撒き散らしながら。

今夜　あなたが傍らに坐っていてくれたら
私たちのひとときの心の変転を和ませるために
私は軽やかな言葉だけをあなたに語りかけもするのだが、
私の不確かなやさしさをそのなかに散らして。

口づけの熱さをあなたが恐れるのだから
私は開ききったこの花のように装いもするのだが。
そして　薔薇の死でかぐわしいあなたの胸に
和められた私の顔を憩わせもするのだが

こんな詩で、三節からなっています。ほぼ定型に近い詩です。薔薇が咲き終るところのイマージュで、詩人は夜ひとりでいて、「あなた」のことを想い起しているわけです。そういう感じでうたっています。それからルネ夫人が何かの折に話してくれたことですが、マルセルとはじめて出会ったのはエコール・ノルマルの卒業舞踏会でのことだったそうで、その時の「手帖」も見せてもらいました。夫人はほんとうに記憶力の強い方で、どういうときに、ロランさんはどうしたとか、ある時、まったく想いがけないことでしたが、「あなたの坐っているその椅子に、昔トロツキー夫人が坐っていたことがありましたよ」などとも聞かされました。トロツキー夫妻がメキシコに亡命する前みたいですけれど。住居は変っても、家具は同じだったようですね。そして、何かこう文学史なんかに書かれていないたくさんのことを、こういう機会だからというので話してくれましたが、ほんとうに八十五歳とは考えられない記憶力でした。お別れした後も、再々読めない手紙を日本に宛てて送ってくれました。視力の衰えがはげしかったから、よく読めない字で書いてあるのです。

それでは、つぎに移りましょう。Pas d'étoiles、「星一つない」の意味です。

Pas d'étoiles

星一つない。すべては眠っている、そして　無限の夜は
空とまどろんでいる街とを一つに融かした。
聞えるものといえば、過ぎてゆく
人びとの足音、深い遠方に汽車の汽笛、
不確かな道に消えてゆく車輪の響きだけだ。
そして　泉の音がいちだんと高まる夜、
角笛の大きな愛の歎きが　彼処で
まだ引き裂かれるようにひびく夜、その重い夜が
苦悩に酔い、自分が一つの心であることを感じている。
窓の風が炎を揺らした。すると
あなたの名まえが心のなかで脈打つのが聴こえる、
幸福な嗚咽がたちのぼってくる私の暗い心のなかで。

これもひとりでいる若者の愛の感情でしょう。このなかで表現として面白いのは、「重い夜」そのものが「自分が一つの心であることを感じて」いて、それと同時に、夜と詩人である自分とを重ね合せにしているところです。この詩人の、ずっと後までの特徴となってきますが、「無限の夜は／空とまどろんでいる街とをひとつに融かした」と、すべてのものがただ一つに融け合ってゆくという、その感情が若い時から強く出てきていて、これがたぶん最終回くらいでお話しする重要な問題、テーマになってくるだろうと思います。

それから、そうですね、言っておくべきことは、今の詩を読んでいても感じられるのですが、前にヴェルハーランの詩「夕べの時」を一冊に仕上げてお渡ししましたが、マルティネは系列から言うとヴェルハーランの精神的系譜の詩人だということです。どういうわけか日本では何かが紹介されると一気にそちらに偏ってくるところがあって、二十世紀のフランス詩はシュールレアリスム一辺倒で、シュールレアリスム以外は詩ではないみたいな感じで紹介されているところがありますが、ある意味ではシュールレアリスム、それ自体の功績も大きいし、欠陥も大きかったと私は思います。

慥かにシュールレアリスムの影響力は大きいですね。しかし、このマルティネとか、それから何人も挙げることができますが、二十世紀のある詩人たちは、時には社会主義的な傾向を強く示しており、また、無意識の問題よりは、ある種の人間主義と言ったらいいのでしょうか、それが非常に強く現れてくるところもあって、その元としてよく指摘される一つはまえにお話ししたヴェルハーランです。

それからもう一つは、これも無視されてはいけないと思いますが、レオン・バザルジェットという人がアメリカのホイットマンの詩を翻訳・紹介しているのです。ホイットマンがフランス語になると、また元とは異なる雰囲気も感じられるのですが、そのバザルジェットの翻訳を通して、ホイットマンの影響を受けた若い詩人たちがいました。第一次大戦前の時期ですが、パリ郊外にクレティユという町があります。メトロ8号線のはずれのほうですが、そこの古い修道院の建物を若い詩人たちが根城にしてというか借り受けて、芸術と労働との共同生活を試みたことがありました。アベィ

abbayeというのは修道院の意味ですけれども、それでアベィ派というふうに。マルティネはそこには参加しませんでしたが、民衆派としては精神的に近しい関係にありました。最近はあまり読まれませんが、若い頃のジョルジュ・デュアメルとかシャルル・ヴィルドラック、あるいは詩人のジョルジュ・シュヌヴィエール、ルネ・アルコスなどがこのグループでした。また、その共同生活には加わっていませんが、劇作家のジュール・ロマンも出入りしていました。デュアメルやジュール・ロマンは第二次大戦後に来日しましたから、私も日比谷公会堂や日仏会館などで彼らの講演は聞いたことがあります。

ともかくフランスでは、芸術や文学の領域が何かで一色に塗りつぶされるということがどの時代にもほとんどありません。そういう意味では、もっといろいろなことを私たちは知っていてもいい。何かその時の日本での紹介の仕方も「これだ!」というふうに狙いをつけると、そればかりというところがいつもあるので、私たちももっと注意深く関心を抱く必要があると思います。

さて「星一つない」のつぎを読み続けてゆきましょう。「雪が降っている」という詩篇です。これはフランス語表現では行が左揃いでなしに書かれているのですが、こういう時に日本語で縦向きに書くと、とてもイマージュが変ってしまって扱いにくくなるところです。ほんとうは訳詩だからと言って横書きにするのは、私は好きではありませんが、横向きのものを縦書きにすると、視覚的にはとても困難な問題が生じる場合もあります。ここにもその一例がうかがわれます。

Il neige

雪が降っている。私はブラインドとカーテンをおろした。
　私は窓を閉めた。
　　滴の一つひとつが
落ちては窓ガラスを打ち、落ちては私に滲み込む。
雪が降っている。だが　雪は疲れた雪片で

私の疼きをすこしも癒しはしない。
そして　人間らしい自分の苦悩の
この激痛から　私は逃れられない。

無慈悲な滴が落ちてきて
ガラス窓を打つ音だけが聞える。
滴の一つひとつが
口づけのように、みじめな心に入ってくる。

よくわかっているのだ、何でもない、ほんのひとときの冬だ。
——期待どおりの滴が
落ちてきては蝕もうとする、
容赦なく混ぜ合された私の歓喜と苦悩とを。
そして　滴の一つひとつが鼓動する心に落ちてきて
無理にも耳を傾けさせる、

理解されることを求めて
絶えず新たになるこの心の、悲痛なたたかいに。

こんな詩ですが、私が若者だったらよく分るのでしょうね。もう齢を取ってくると感性がこういう詩に対して言葉が若々しいとは思っても、ちょうど昔ヴェルハーランを読んでいると、大人の詩というものが、若い私には理解が行き届かなかったというのと、今度はまったく逆に、感性のある部分を自分がもう喪ってしまったのかもしれないと感じられます。これも一種の能力の別な部分での欠落ですね。音楽に触れる場合でもそうです。例えばバッハの音楽のある種のものは齢取ってからほんとうによく分るようになったというところがあって、若い頃に「いいぞ」などと言っていても格好だけそう言っているに過ぎなかったのかもしれないというところがありますし、逆にショパンの音楽などでは、若い時はもっと心に新鮮に響いたのに、とすこし惜しいような気もちになることもあります。私自身が古びた所為でしょうけれど。感性は齢を重ねればすべてが分るわけではないということです。その時その時に受け取るべきものがきっとあるのでしょう。それが記憶の蓄えみたいになって残ることもあるかもしれないとは思いますが。

つぎの詩篇に移りましょう。「真冬の日曜日の午後の終るとき」です。

Fin des après-midi des dimanches d'hiver

真冬の日曜日の午後の終るとき、
暗がりのなかで引き裂かれた私たちの愛が
悲痛な時間の不安な光にむかって開かれた。
部屋は眠り込み、火は消えた。夕闇が濃さを増す、
なかば生きているあなたの　驚いている目のなかで。
まどろんでいるあなたの額のやすらぎに私の心はなごむ。
その額には、屈み込む私の額の反映がひろがる。
日曜日の静寂のなかで　沈黙をまもっている私たちは
絶望した火が死んでゆくのを聞く。

最後のかすかな明るみがあなたの目から消えると、
私の目を暗く沈める闇のなかで、あなたの目はもう私の目を見ない。
だが　そこに獲物を求める私のまなざしが
暗くなったあなたの目にひそむ神秘を見て取ろうと熱意を傾けるとき、
まなざしは私の心のなかで身を起し、あなたを
ほとんど亡き人のように感じるのだ、生命あるものにもまさる存在のように。
私は知らない、永遠に渇いているこの心のなかで
疎ましい、だが　聖なる愛の酔い心地が
どんな陰険な、荒々しい不安を解き放つのかを。

この詩にも矢張りヴェルハーランの影が落ちているのを感じますし、それから同じように十九世紀の末にアルベール・サマンという詩人がいますが、そのサマンとか、それからベルギーのローダンバックという詩人、上田敏の『海潮音』ではローデンバッハですが、フラマン語圏に生れて、フランス語で書いています。『死の町ブリュージュ』という小説で有名ですが、

この詩人の雰囲気をも感じさせるところがあります。鬱々とした暗い炎のような詩ですね。

そのつぎはJe ne sais plus.「もう私にはわからない」という詩篇です。

Je ne sais plus

もう私にはわからない、わからない、
春なのか、それとも十二月なのかが。
あるのは部屋のなかの　静かに沈黙している穏かな夜だ。
もう私にはわからない、
夜が更けてゆくのか、それとも陽が上ろうとしているのかさえも。
もう私にはわからない
これが私の人生なのか、私の夢なのかが。
もう私にはわからない……

いましがた夜のなかで雨が降っていると思っていた。
　ところが今夜は満天の星だ。
私は聞く、星々の静寂のなかで
　私の愛が夜とひとつになるのを。
　幸福だったかどうか、もう私にはわからない。

幸福とか不幸とか、それはただの言葉だ。
私たちのなかの　この充ち満ちた沈黙は言葉以上のものだ。
沈黙が意味を定めるとき、そこから言葉が消え去る。

人は私にこう言った、——それは魂と肉体だ　と。
それはただの言葉だ、虚しい言葉だ。
私はすべての島々を波で覆い尽して
満ち溢れる海のようだ。

もう私にはわからない、夜なのか、それとも昼なのかが。

私にわかるのは、いまや自分がただこの愛に他ならないということだけだ。

——ああ　孤独な夜、ああ　ふしぎな夜よ——
もう自分があなたから遠いのかどうかさえわからない。
世界と私たちとの間には忘却が穿たれている、
私たちの愛が君臨している時空の外に。

私たちの至高の努力を夜がやさしく包み、
眠っている現実の彼方で
私の存在の無限をあなたの無限な存在と結び合せる。
もう私にはわからない、私があなた自身でないのかどうかが。

これも説明は何も必要がないという感じの愛の詩ですね。最終節の「夜」の表現がとてもいいと思います。この詩では、絶えず〈私〉が個人としての私の枠からはみ出してゆくところが非常に特徴的に出ていて、この点はまた来月、あるいは再来月のお話で、たぶん取り上げることになると思います。彼の詩の窮極の様態でもありますから。この詩のなかでも一切は互いに融け合ってしまっています。

さてこの連作中の最後のもの、これは私がこの一連の詩のなかでもっとも好きなもので、自分の現在の年齢になって、却っていっそう心に沁みて味わい深いもののように感じられます。「この上なく美しい私たちの回想とは」という標題の詩篇です。

Nos plus beaux souvenirs

この上なく美しい私たちの回想とは
　忘却のへりに沿って進むかろやかな影たちだ。
彼らは過去の奥底からまえにもまして懐かしく甦るだろう、
　蒼ざめた過去の翳の上で。

何故なら　彼らは甦り、ひとときの存在が
　明るい永遠性を帯びるだろうから。
私たちの日々の影たちは忠実に随いてくる、
　彼らから離れることを夢みていた私たちに。

私たちは想い出すだろう、そして　ふるえる声が
　私たちだけになったある夕べに
菩提樹のお茶の最初の香りを
　いっしょに飲んだあの最初の夕べのことを語るだろう。

何かしらずっと先の将来のことを思っていて、いつか私たちは想い出すだろう、と。「ふるえる声が／私たちだけになったある夕べに／菩提樹のお茶の最初の香りを／いっしょに飲んだあの最初の夕べ」、それをずっと齢を取ってから想い出して、いっしょに語るだろう、というふうに言っています。ヴェルハーランが晩年にうたった「夕べの時」をまだ若い詩人が先取りしているわけですね。

なお、この詩はフランス語の原詩を資料として添えておきましたが、定型で韻を踏んでいます。古典的で、とても美しいひびきをもっているとだけお伝えしておきましょう。

マルティネの第一回目ということで、今日は個人的に懐かしさを覚えることのほうにたびたび話が傾いてしまいましたが、次回はもうすこし気を入れて、彼の一連の反戦詩に集中してゆくことにします。ただ、今回扱った詩篇はおそらく日本のフランス文学者たちの誰も目にしたことのないものだと思っていただいても構いません。何しろ、私自身が原稿を借り受けて読むことのできたものですから。その詩稿の所有者であったマリ・ローズも亡くなって久しく時が経ちました。原稿がその後どうなったかは、私も知りません。時々、ここにあるだけだというものを持ってきて、お見せしますから、それでお許していただいてお終いにしたいと思います。どうも有難うございました。

マルセル・マルティネ二

さて今日は非常にきつい時代のことを取り上げることになります。資料としてお渡しできる適当な地図がなくて、結局フランスの事典から写してきたのですが、これは第一次大戦の折の独仏間の攻防のところです。分りにくいと思い、国境は赤線で私がなぞっておきました。その時の国境線ですが、そうすると、このフランスの北東部、ベルギーを一つ起点にして考えると、その左下にあたる部分がフランスになるわけです。それから、すぐ上に小さく隣接しているのがPays-Basとありますが、これはオランダです。フランス語で「低い国」という意味ですが、それがオランダです。それから、そのオランダとベルギーに接している部分、それはずっと下の方まで、間に小さくルクセンブルクという国が入っていますが、大戦勃発当時の独仏の国境がつづいています。そして、下の右の外れのところはドイツとスイスとの国境です。スイスとドイツとが接している部分です。そして、あとは左の下の、ちょうど斜めに切って図版の半分ほどでしょうか、そこがフランスになるわけです。第一次大戦でのヨーロッパの西部戦線というものがこれでほぼ一目で分りますね。

つまり、フランスの北東部、それからベルギー全土、ここはドイツにあっという間に占領されてしまうわけです。ベルギーは中立を宣言していたのですが、ドイツ軍の侵攻は容赦なくじつにすばやかったようです。

いまの大雑把なお話で、中学校での歴史の時間を想い出していただけたでしょうか。そのことをすこし頭に留めておいてください。さて、この大戦の勃発は一九一四年の夏でした。ですから、詩人マルセル・マルティネは二十七歳だったわけです。そして、彼は、その前から戦争勃発の危険を察知して反戦運動に入っているわけですが、戦争の開始とともに、更にそれを詩人としてもその場で受け止めて、反戦の運動を展開するという。その在り方は、戦争が終った後になっておぞましい体験を想い出してということではなくて、まさしく戦争そのものが継続されているその段階でのフランスで、彼はある種の反戦詩を書きつづけてゆくわけです。もちろんそれは絶えず検閲に晒され、配布を禁止されたりしているわけです。やがて、それらの反戦の詩篇は「呪われた時代」(Les temps maudits) という標題の一冊の詩集を形成することになります。まさに自分たちが生きていることの時代は「呪われた」日々だということです。この「呪われた」(maudits)

という形容詞は、十九世紀末葉から二十世紀初頭にかけての、ある種のフランス詩人たちを指して「呪われた詩人たち」(poètes maudits) という語が用いられ、反社会的で、退廃的な傾向を意味していますが、ポール・ヴェルレーヌなどがその代表のように考えられています。幾ぶんかはこのニュアンスをも受け取っての詩集の名称かもしれません。

詩人自身は当初、無理を承知で詩集のフランスでの刊行を意図したようですが、当然、当局の検閲により禁止され、一九一七年にスイス・ジュネーヴの『ドゥマン』誌社からアンリ・ギルボーによって出されました。このギルボーという人はまえにお話ししたロマン・ロランやヘルマン・ヘッセの反戦活動を強く支持していました。そして、この『呪われた時代』の初版にはつぎのような文言が冒頭に置かれました。

「フランス人によって、フランスで書かれた本書は、フランスで刊行される筈であったし、やがて刊行されるだろう。だが、血塗られ、欺かれたわが祖国はこの三十ヵ月来、政治的理由 (raison d'État) と沈黙との国となっている。フランスの検閲が本書の刊行に反対している。

人間のこの声のために、苦しみのこの叫びのために、私はスイスに避難所を求めている。M・M」

〈Raison d'État〉という語は日本語表現にも、ときに直接カタカナ表記で導入されていることがありますが、直訳すれば「国家理性」とか「国家理由」とかいうことになります。要するに、個人の価値観や判断を斥けて、国家的観点からの政治的理由、政治的利害を判断の基準とするということです。どの国においても戦時体制下に置かれると、個人的な正義感に基づく異議申し立てのようなものは封殺されて、沈黙を強いられるという事情は現在でもおそらく同様でしょう。

そんな状況下にあって、マルティネのような詩人はなお「人間の声」「苦しみの叫び」を自ら語りつづけようとしたわけです。なお、この初版の表紙は、マルティネの「友の会会報」の写真にありますように、ベルギーのすぐれた木版画家F・マズレールの作品によって飾られています。

この詩集は戦争終結後の一九二〇年になって漸くフランスで再版されま

すが、そのときには当初の三十五篇に、さらに八篇が新たに加えられました。私はかつてパリに長期滞在した折に、古書店やセーヌ河畔のブッキニストの棚を探し回りましたが、そのどちらもついに手に入れることができませんでしたので、古い版はマルティネ夫人にお借りして目にしただけです。現在私の手許にあるのは彼の戯曲『夜』（*La nuit*）との合本になっている一九七五年刊行の10／18版と呼ばれているものです。それをお回ししますので、ご覧ください。あるいは、これももう手に入りにくいかもしれません。

さて、ここでもう一度、第一次大戦にすこしだけ触れておきましょう。直接の引き金になったのは一九一四年の六月二十八日だったかと思いますが、当時のオーストリア゠ハンガリーの、当時ハンガリーはオーストリア帝国の傘下に収められていましたから、オーストリア゠ハンガリーというわけですが、その世継ぎだった皇太子フランツ・フェルディナンドがセルビアの一青年に暗殺されたという有名な事件があります。話は錯雑しますが、フランスに関して言えば、すくなくとも一八七〇年から七一年にかけての普仏戦争での敗北は東部のアルザス、ロレーヌ地方〔ドイツ領になると、エルザス、ロートリンゲン〕の割譲など、大きな国民的屈辱を残しましたし、プロイセンに対する反感は非常に強かったわけです。昔、アルフォンス・ドーデーの「最後の授業」などという短編をお読みになられた方もおいででしょう。学校があまり好きでない生徒が遅刻して、教室に入ったのに、その日は、先生が叱りもせずに、教室でのフランス語の授業は今日で終りになり、明日からはドイツ語の授業に変りますと、しみじみ話して聞かせるというあの物語です。

さらに、この時期には、ヨーロッパの列強による植民地再分割の問題、また、それまで抑圧されていた周辺諸民族の独立の要求、さらにはバルカン半島での異なる民族間、宗教間での軋轢などが微妙に作用しています。ですから、一面では「美しき、よき時代」(belle époque) などと呼ばれて、オーギュスト・ルノワールの画面の雰囲気が連想されたりしますが、ほんとうはいずれの国も、内外ともに非常に厳しい事情を抱えていた時代でした。独仏間だけでみても、すでに二十世紀初頭にモロッコの問題を巡って、一触即発といった危機的状況が生じたりしていました。

また、バルカン半島諸地域はほとんどいつの時代にも、謂わば火薬庫の役目を果たしています。この第一次大戦前夜には、バルカン半島では一方で北からの圧力、つまりオーストリア＝ハンガリー帝国の勢力を押し戻したいという願望があり、南にむかってはトルコの力を排除したいという要求が強く働いていました。こうした自主独立の機運に複雑に絡んでくるのが、民族的、宗教的対立であるわけです。

そんなところに、サラエボで、フランツ・フェルディナンド皇太子夫妻の暗殺が起ったわけです。私がまだ幼かった頃には、それほど昔のことでもなかったのでしょう、母親からこの暗殺事件のことはよく聞かされました。そして、この機会に、オーストリアが特にセルビアとその周辺に非常に強い圧力をかけていったのです。他方で、ボスニア＝ヘルツェゴビナは宗教的には概ね東方教会の系列ですし、また、民族的にはスラブ色が強いですから、ロシアとしては、そこへのオーストリアの干渉は排除したいと当然考えることになります。

また、ドイツへの対抗意識の強かったフランスは最後のロシア皇帝ニコライ二世との間で、緊密な仏露同盟関係を築いて、ドイツを挟撃する体制を整えていました（バリのもっとも美しい橋の一つである〈アレクサンドル三世橋〉はその記念でもあります）。当然、これに対抗するためでもあって、ドイツ帝国（プロイセン）はヨーロッパを縦断するように、オーストリアとの関係を緊密にし、それはイタリア、トルコまでつづいてゆきます。

こうした背景のあるところで、それでも列強諸国はなおできることならば、大戦は回避したいという思惑もあったようです。

ところが火薬庫に点火されてしまったのですね。それが一九一四年六月だったわけです。そして、今度は夏も漸く過ぎようかというような状況になったところで、まずはロシア、ついでドイツ、フランスでも一斉に所謂総動員令（mobilisation）が発令されることになりました。そして、八月三日、ドイツがフランスに対する宣戦布告をします。それでも、当初は、各国とも自国が捷利して、短期的に戦争は終結するだろうと楽観的に予想していたようですし、おそらく、そう望んでもいたのでしょう。ドイツの側はとりわけ、ビスマルク以来の、これだけの軍備を持って、しかもすでにフランスに宣戦布告した時には、何と中立国であったベルギー全土を占領しているのですから、早期の戦争終結は充分予想されもしたことでしょう。慥かに、フランスにとっては、これは予想外のことでした。しかし、大戦勃発から一ヵ月ほどは不気味な睨み合いの状態がつづくばかりで、さして戦線に動きはなかったようです。こうして奇妙な一ヵ月が過ぎました。

けれども、九月初めになって、六日から九日迄の僅か三日間に、ドイツ軍のフランスへの侵攻がほとんどパリ近郊まで迫っています。慥かにそれほど遠い距離ではありませんが、それで、あと一息でフランスは降伏するだろうとドイツは考えたわけです。実際、普仏戦争ではそんなふうでした。ところが、フランス軍はそこで踏み止まり、九月のうちに反撃が開始されます。お手許の地図に、Marneという地名をご覧いただけますが、ここで非常に激しい戦闘が繰り広げられ、じつに厖大な数の戦死者が出ています。九月六日から十三日にかけてのことですが、このマルヌでの一進一退の戦闘はその年の末までつづきます。更に進んで一九一五年になると、ドイツは一旦ロシア方面に戦線を転換しますが、なおこの間にフランス軍はこの西部戦線の北部アルトワArtois、またシャンパーニュ地方Champagneなどでドイツ軍に対する反撃を試みています。かならずしも、それが成功したというふうでもないようですが、いずれにせよ、何十キロにも亘っての両軍の、平行線の塹壕に拠っての地上戦であるわけです。その間で隙をみて撃ち合いをしながら、白兵戦なんて言葉、分りますかね、要するに相手の塹壕に突入して斬り込んでゆくというような、そういう戦い方ですね。冬になれば雪も降り、霙も降って、泥濘になり、そして、この辺りの戦闘で一九一六年ぐらいまで。さらにヴェルダンVerdunというところが今度は戦闘の中心になりますが、その春から十二月頃までで、その辺りで五十万もの兵隊が亡くなっている。まだこれはすくない方だったようです。そういう状態がこの地図の一番北、左の上の外れのところの線は海と陸の境目になるわけですが、左の一番上は第二次大戦でのダンケルクDunkerqueの撤退で有名なところですが、そこから戦線がずっと半円形を描いて、ヴェルダンの辺りで一度閉じると、さらに南に伸びてスイスのところまで行く。この全体が戦線になっていて、そして、そこで泥まみれで、すこしでも塹壕から頭を出すと撃たれて、恐怖心に苛まれながら、また反対側にもそういうことが起っているような状況になっているのです。

この辺りで、すこし詩のほうも読んでみましょう。折角ですから。マルティネがこの詩集の最初に置いた詩は〈Ce quai〉という詩篇です。Quaiというのはパリのセーヌ河でも「河岸」という言葉が使われますけれど、この「河岸」のこと。この十月というのは、これは一九一四年の十月に相当しています。先ほどのお話からすると、ドイツ軍がパリ近くまで侵攻して、それをフランス軍が押し返してというような戦闘状態が続いている、その時期を念頭に置いてお読みください。

この河岸……

十月の悲しい風が　四方八方追い散らす枯葉に
この河岸は覆われている、
そして　裸になったポプラの森に、
陰鬱な秋よ、きみの翼が襲いかかる、

鳥の姿のない低い空の下、冷たい舗石を
削ったり、またフェルトのようにしたりして
乾いた葉の軋る音がする、
朽葉の腐った匂いがする……

この暗い河岸をゆく女たちよ、
きみたち、齢老いた母親よ、きみたち、若い妻よ、
腐った匂いを嗅ぐがいい、
木々の葉の　呻き声を聞くがいい。

遥かな彼方には　十月の風の
泣き喚いている裸の森がある、
そして　道沿いに、その土手の下に、
葉の散った籔の下に　枯葉がある、

そして　ずっとむこう、きみたちの哀れな足取りの

けっして赴くことのないあの森には、
何処までもつづく道、きみたちがついに
その名を知ることのない道に沿って、

十月の風が　塹壕に堆く吹き込んだ
乾いた葉、腐った落葉の下で
紅く染まった葉のベッドのなかで腐敗して
きみたちの愛しい者たちの冷たい屍がある。

このような詩ですね。最初に自分たちが身を置いている河岸での状況を喚起して、二節目からは呼びかけの調子に変っています。
こういう詩を書いて、当初はパリの街中で撒いていているのです。すぐ追い散らされて、撒いているものは没収されてということは当然あるわけでしょう。ただまえにも言いましたが、小さな幸運は彼の活動の仲間でジャン・ド・サン=プリJean de Saint-Prixという若者がいたことでした。それだけに、第一次大戦後ほどなくの、この友の死はマルセルにとってはとても辛いものだったと思います。

もう一つぐらい詩を読んでゆきましょうか。「真夜中に」（Dans la pleine nuit）という詩ですが、これは三つの部分に分れています。

真夜中に

冬の真夜中に
暗い風が吹く、烈しく
呻き声を上げて。
風は栗の木や樫の木の
乾いた枝々を削ぎ取り
ひゅうひゅうと唸りを上げて
痩せた草地を逆撫でしてゆく。

執拗な荒々しさをもって　風は

蒼白くて、重い、大きな雲の群を追い立ててゆく。
時おり、はかなげな星が一つ、揺らめき、瞬き、
それから　また消えて、呑み込まれ、窒息して、見えなくなる、
風に追い立てられてゆく蒼白い、厚い雲のなかに。

ここまでは状況の提示ですが、これは荒々しい風の夜に、実際になお星が見えているということと同時に、暗い時代に、その星がある種の希望の象徴みたいなものとして、それが現れてはまた見えなくなるというような言い方でもあると思います。大戦のなかで、希望をもちつづけることが如何に困難であるかがうたわれていますね。そして、つぎの節に移ってゆくことになります、──

風見の鶏が軋って、
冬の暗い風が扉の下で歎き
身顫いしながら、屋根瓦の下に滑り込み
建てつけの悪い鎧戸の掛け金の下で

ばたついている、投獄された魂のように。

このお終いのところ、「投獄された魂のように」という表現はちょっと気に留めておいていただきたいところです。戦争によるたくさんの捕虜の報せも出てきているし、自分自身の反戦活動にもそのおそれというか、可能性は絶えずあるわけです。そして、今度はすぐひとつ〈＊〉を入れて、「魂だって？」というふうに問い返してゆきます。

魂だって？　人の魂にどれほどの価値があるのか、人の生命に？

これはもちろん逆説的に問い返すことによって、大きな、深い意味の込められた一行になっていると思われます。詩人自身としては、自分にとって、それこそ重要だけれども、この戦争のなかでいったい使い捨てられてゆく彼ら兵士たちの魂がどう思われているのか、彼らの生命がどう思われているのか、あまりにも軽く見られていはしないかという逆説的な言い方ですね。同じ節はさらにこんなふうにつづきます、——

冬の風の下の　人間の魂の
どれ一つとして　風の下のあの草の葉よりも
もう強くもなければ、堅固でもない……

この四行の後に、さらに〈＊〉を一つ置いて、彼は亡くなってゆく兵士たちの魂の尊厳を苦痛に満ちて讃えます、——

それでも　いまは彼処、夜のなかで
しばしば　砲弾の真っ赤な炸裂に斃されて
この一年半というもの、男たちは泥に埋まり、横たわり、
惨めな獣のように死んでゆく、
森の生き物や草の葉よりも裸で、無防備にされて、
——けれども　死のなかでも、断念せず、
同意することのない　人の魂の
仄かな光を、精神の無垢な微光を

彼らの苦しげな目に　なお宿して。

そうすると一四年の夏に始まった戦争ですから、一五年の冬くらいでしょうか、あるいは一六年の初めとか、これはほんとうに先ほど言いましたような、泥と血のなかで殺し合っているという、その戦闘状態の、その時でしょう。そして、このお終いの部分はマルティネがどうしても言いたいところなのでしょうね。亡くなってゆく兵士たちの、そんな生命には枯葉ほどの重みも考えられていないと一度言っておいて、こういうふうに最後のところに持ってくるわけです。「けれども　死のなかでも、断念せず」以下の四行はすばらしいと思います。

それからつぎの詩はとても長いので、ほんの短い部分を抜いて訳してみました。「人びとの権利」（Droit des gens）という標題です。当時としては、戦争というものが国家というか、あるいは知的エリートと自称する部分によっても肯定されているわけです。ドイツをやっつけることは至上命令だと。ドイツの側ではフランスを叩き潰すことが至上命令だというふうに。

これこそ先ほど言いましたraison d'État国家理性、政治的理由ですね。それを逆手に取っているような詩なのですが、そのなかの一部です。

兵士らは殺されるがいい、戦争なのだから。
おそろしい犯罪だ——また　こんな妻や妹たちがいる、
彼女らの夫や兄たちの
労働と愛情とで彼女らは生きてきた、
そして　いま、彼女らは悲歎と孤独とのために
路傍の泥のなかを転げるだろう。

これもまた、きみたちの人間の掟のなかに誌されていることだ。

おお　犯罪——そして　戦死した兵士らの幼い子どもたち、
彼らは貧しい母とともに育つだろう。
夫を亡くした母がパンを稼ぎに出るとき
彼らは母親なしに育つだろう、

父親の抱擁を知らずに育つだろう。
この幼い子どもたち、暗い幼年時代が
きみたちの掟のために、彼らをならず者に、悪党にするだろう。
それもまた、それもまた　許されるのだ、戦争だから。

部分的な引用ですけども、そんな詩が書かれています。そして、この詩人は権力に臆せずにそれをやってのけるわけですが、国家総動員体制の下で、二十七歳の彼が徴兵されなかったのは、おそらく健康上の理由からでしょうが、それだけになおのこと、こうした反戦活動を自分の責務と考えるところもあったと思います。

ここでもう一度、戦争の経過に目を向けてみることにします。
一九一七年になって、漸くアメリカが参戦することになり、局面が一気に変るのですが、その理由はヨーロッパを救済するためとかいうようなこと以上に、実は、ドイツの潜水艦の活躍が理由でした。先ほど来言っているように地上的な戦闘が第一次大戦では中心にあるわけですが、他方で、毒ガスなど化学兵器の導入や、機械技術の飛躍的な発展がこの戦争を特徴づけてもいます。火焔放射器、軍用機の登場、あるいは戦車、さらには潜水艦などが重要な役割を担うわけです。そういうことがあって、そして、アメリカの参戦というもの、これはいま言ったようにドイツの潜水艦の活躍というものが多くの商船を沈めているわけですね。そうすると、アメリカにとっては経済活動の上でも非常に不都合が生じたわけです。単に戦争の勝敗の問題だけではなくて、それで今度は海の方でもドイツの力を封鎖しなければいけないという問題が出てきたことが戦争への参加の主たる理由でした。こうしたことから、地中海だけでなしに、北海方面でも戦いが展開されてゆきます。

そして、ともかくこの戦争半ばの一九一六年末頃には、私が確かめた参考文献によりますと、ほぼ百五十万の兵が死んでいるということですね。たぶん両軍の兵士を併せてだろうと思いますが、まだこれはそれで終ったわけではありません。しかし、あまり戦争のことばかり話していても私たち詩人の集まりに相応しいかどうか分りませんから、一気に一九一八年迄駆け抜けてゆくことにします。一八年の春になると、これはすこし驚かれるかもしれませんが、初めてフランス軍の指揮系統と、イギリス軍の指揮系統が一緒にやろうということになります。考えにくいことですが、それまではそれぞれ別々に戦っていたわけです。面子の問題もあるってことなのでしょうね。あまりに長期化した戦闘に埒が明かないと考えたのでしょうか。また、その頃になると、ドイツの側でも、軍への兵器や弾薬、もろもろの物資の補給が苦しくなるという状態が生じています。この辺りのところまで来ると、まったくドイツもフランスも当初予測していなかったような局面になって、ある種の消耗戦の様相を呈しています。

この戦争末期にロマン・ロランが書いた作品に『ピエールとリュス』(*Pierre et Luce*)というとても美しい小説があります。一九一八年の数週間に時間が設定されて、一組の若い男女がほんの束の間の恋を経験しながらも、最後には、パリの市庁舎の裏手のところにあるサン゠ジェルヴェ教会のなかで、ドイツ軍機の爆撃のために亡くなるというものですが、これを元にして第二次大戦後、日本でも、今井正が「また逢う日まで」という映画を作ったことはよく知られています。この『ピエールとリュス』のなかでも、少女の母親が軍需工場に働きに出ているとか、あるいは若い二人がパリ郊外への遠出を楽しんでいるときに、砲撃の響きが遠くから聞えてくる場面とか、戦争末期の状態が仄めかされています。この時期、ドイツ軍は最後の大攻勢を仕掛けて、パリ近郊まで迫っていましたから。

この年、七月にはアメリカ軍が今度は地上戦としても投入され、フランス軍と合同で、いちばん初めの激戦地だったマルヌで、またしても激しい戦闘が展開され、その戦場でついにドイツ軍が敗北するというような状況が出て、そして、先ほど言いましたように武器も食料も補給困難、さらには、もう一方でフランス軍内部にも軍隊内の反乱が起こるというような状況が生じています。

いずれにせよ、慥かに第二次大戦も原爆の問題があり、ホロコーストの問題もありというふうではありますが、第一次大戦がそれだから牧歌的だったなどとはいささかも言えないすさまじいもので、最終的には概算ですけれどフランスの兵士が百四十万、ドイツの兵士の死者が二百万、それからイギリスが八十五万という数を記載しているものがあります。これは民間人の死者を含まない数です。

地上戦ですから、都会も村も、何処だって焼き払ったりです。例えばお出になられた方もおありかもしれませんが、パリの東に位置するランスReimsの大聖堂などはドイツ軍の砲撃に曝されて、私がはじめて訪ねた頃にも、全体がひどく黯ずんだままで久しくその傷痕をとどめた受難の象徴のようでした。かつて百年戦争の折にジャンヌ・ダルクがイギリス軍から奪還して、王の戴冠式を実現したということで有名なあの大聖堂です。その他いろいろな地名がこの地図に読み取れますが、シャンパンで有名なシャンパーニュChampagneもそうですし、また、ほぼ地図の真んなかに近いところでアルデンヌArdennesなどは第二次大戦中でもドイツ軍と連合軍の戦車合戦がこの森林地帯で起ったというところですね。ともかくも、戦争の生じるその都度、蹂躙される地方というものには、おそらく私たちが充分よくは知らないままに、多くの不幸の記憶がとどめられていることでしょうね。

それでは、私がこの詩集のなかで非常に好きな一篇を選んでおきましたので、ここで読んでみることにしましょう。「村」（Village）という詩です。

村よ、
小さな村よ、
赤い瓦葺きの　きみの幾つかの屋根の下に
きみの鐘楼とともに
きみのポプラ、きみの山毛欅の樹、きみの牧草地のあいだに
村よ、ぼくはきみを見る、
山々の窪みのなかに、
ひっそりと、小さく、横たわって。

横たわり、隠れて、身をひそめ、ひっそりと
山襞のあいだの　きみの緑の窪みのなかに
ぼくはきみを見る、村よ、小さな村よ、
だが　ぼくはよく知っている、村よ、きみの家々を、
一軒ずつを、ぼくは知っている、あそこ、

山腹に、山羊たちのようにしがみついている家々を。
亡くなったのはパン屋の
娘婿だ。お昼に彼らは電報を受け取った。
先週は
傾斜地の息子、郵便局員だった。
彼の妻には二人の子がいる、そして　三番目がほどなくのことだ。

村よ、村よ、きみは知っているのか、
遠方の、あの紳士連中が何を言っているのかを。
彼らは言う、ひとりずつが言う、ひとりずつが誓う、
「誓って言うが、私がそれを望んだわけではない」と。
そして　きみは何も言わない、村よ。

きみはどう言いたいのだ？

詩のはじめの二節では山のなかの村の情景がうたわれています。病身だった詩人が夏を過したフランス中央部アリエ県のフェジャールの家から見えるシャトリュの村だということです。つつましやかで、静かな村、平和な時代だったら、そこにはこの詩篇でとは違う人びとの日々が描かれるのでしょうが、この反戦詩にあっては、その日常の時間を覆すような悲しい雰囲気が導入されています。そして、詩人は「遠方の、あの紳士連中」の、戦争を惹き起しながらの、あるいは戦争に加担しながらの無責任さを糾弾していますが、この表現は私にジャン・ゲーノーJean Guéhennoという一人の教育者・思想家の『他人の死』(*La mort des autres*)という書物を想起させます。この人は自分がロマン・ロランから大きな影響を受けたことを語っていますが、彼が第一次大戦勃発から五十年後になって、この本を出したことの理由は、自分が二十歳だったその時期に、同世代のどれほど多くの友人たちが戦争に駆り出されて死んでいったかを想いながら、「あの紳士連中」――彼らにとっては、戦場での兵士たちの死は、まさしく「他人の死」だったわけですから――が語ったことの責任を改めて明らかにしたいと考えたためでした。たとえば、モーリス・バレスMaurice Barrèsという当時著名な作家がいましたが、彼は烈しく戦争を煽り立てています。民族主義的な政治家でもありましたが。また、誰が戦争に反対したかをもゲーノーはそこで語っているのです。

この辺りのことは何か私たちの生きている国でとは大きく異なる精神風土を私に感じさせずにはいません。「あの時期には、皆が同じ運命のなかで、同じように不幸だったのだ」というような言い方で、すべてを済ませることができるのかどうか、やはり疑問を感じざるを得ません。

ともかく、マルセル・マルティネは自国内で、孤立に近い状況下にあって、こうした反戦詩を書きつづけているわけですが、前回ご一緒に読んだあのみずみずしい抒情性を湛えた詩篇を書いていた詩人が、状況の変転とともに、同じように人間的な心情を宿しながらも、自己を伴わることなくこのような詩を書いてゆく態度が私にはとても深く共感を呼ぶところであったわけです。

お持ちした資料の詩篇の全部を扱うことができませんでしたので、おそれいりますが、今日の資料は次回にもう一度ご持参くださるようにお願いします。いつもご満足いただけるようなお話ができず、心苦しく思っておりますが、どうかお赦しくださいい。どうも有難うございました。

マルセル・マルティネ 三

はじめに絵ハガキを一枚ご覧いただきます。マルセル・マルティネの第一回目に、ディジョンの町の古い建物の屋根が風変りだということをお話ししましたが、お話だけではわかりにくいので、絵ハガキを見ていただいて、かつてのサヴォワ地方の建物の独特の雰囲気を幾ぶんなりとご理解いただければと思いました。

さて今日はマルティネの三回目になるわけですが、このあいだご紹介した「村」という詩がお好きだという方が何人かおいでになったので、フランス語では、耳で聞いてどんな響きのものかをおわかりいただこうかと、資料に原詩を載せておきました。声に出して読んでみることにします。

Village

Village,
Petit village,
Sous tes toits de tuiles rouges
Et avec ton clocher

Parmi tes peupliers, tes hêtres, tes prairies,
Village, je te vois
Dans ton creux de montagnes
Perdu, petit, couché.

Couché, caché, abrité, perdu
Dans ton creux vert entre les plis des monts
Je te vois, village, petit village,
Mais je te connais bien, village, et tes maisons
Une à une, je les connais, là-bas pendues
Comme leurs chèvres aux flancs des monts.

C'est le gendre du boulanger
Qui est mort ; ils ont eu le dépêche à midi.
La semaine passée
C'était le fils à Côte, le buraliste ;

Sa femme a deux enfants ; et le troisième en train.

Village, village, sais-tu
Ce qu'ils disent, ces messieurs au loin ?
Ils disent, chacun dit, chacun jure :
《je le jure : cela, je ne l'ai pas voulu.》
Et toi, tu ne dis rien, village.

Que dirais-tu ?

村よ、
小さな村よ、
赤い瓦葺きの　きみの幾つかの屋根の下に
きみの鐘楼とともに
きみのポプラ、きみの山毛欅の樹、きみの牧草地のあいだに
村よ、ぼくはきみを見る、

といったふうに進んでゆく詩ですね。何か戦争というものについて、パン屋の娘婿が亡くなったとか、郵便局の男が死んだとか、一面抒情性を帯びた詩ですが、当時とすれば厳しい状況のなかで、マルティネは戦争はよくないと主張しつつパリの街でビラを撒いたり、警察の取り締まりを逃れたりしながら、こういう詩を書いていました。このことは先日お話ししましたが、今日はその続きになります。そして、時間があったらさらに次の詩集の方に進んでゆきたいと思っています。

それで今日は引き続き、資料の「老人」(Vieil homme)という詩をご紹介します。解釈を施すところのまったくない、鮮明に言うべきことを語っているといった詩です。

老人(Vieil homme)

老人よ、老人よ、ぼくはきみを見ていた、
重たげに、勿体ぶって、背をまるくして、

きみの書類入れ、きみのファイル、きみの帳簿の上に屈み込んでいる姿
　を、
　そして、ぼくはきみを軽蔑していた、老人よ。

　聖具室係りのようなきみの態度、
　きみの大きな目ときみの偏愛とをもって
　きみは法と秩序を遵守し
　軍隊と階級制度を敬っていた。

「聖具室係りのようなきみの態度」とここで訳した「聖具室係り」というのは、教会の祭壇の脇から奥に通じる廊下があって、その奥の部屋にミサなどのために使う道具類一切が置いてあるのですが、その部屋に入ることのできる人で、聖なる儀式を執り行う準備を司る人のことです。取り敢えず「聖具室係り」と訳しておきましたが、何か重大な役割を持っていると自負している人物というふうに想像できると思います。詩のこの部分では、べつに教会に属している人間でなくて、すこし勿体ぶったお役人のような

人物が考えられるわけです。
そこまでは詩人が老人に対して軽蔑のまなざしで見ています。ところが次の節で、老人が家に戻ると、唐突にその老人の「二人の息子が死んだ」と書かれています。

きみはまた家庭を大事にしていた、老人よ、
そして　夕べごとに、きみはきみのペンと袖カヴァーを置くと、
きみの妻と二人の息子の顔を見に戻って行った。

　それからきみの二人の息子が死んだ。

彼らは死んだ。
二人とも、数時間のうちに、二人とも死んだ。
そして　いまはきみたちだけだ、
きみと、老人よ、きみの老いた妻と。
あの二人のために、どれほど手を尽し、愛情を注いだことか、

そして　彼らは大きくなったのに、こうして死んでしまった、
どれほどの愛情、どれほどの喜び、どれほどの穏かなやさしさ、
きみたちは彼らの衷で、きみたちの老後の準備を整えてもいたのに、
いま　彼らは死んでしまったのだ、
おお　祖国……

志願してか、召集されたのかわかりませんが、彼の二人の息子が戦死したのですね。この節から詩人の老人を見る目が変ってきています。この詩句のなかで、「おお　祖国……」ということばは実によく効いていると思います。

ぼくはいまもきみに会う、老人よ、
きみの背なかはさらにまるくなり、
きみの目には涙が溜っている。孤独な老人よ、
十年、二十年、きみはさらに老いるだろう、

そして　十年後、二十年後に、祖国は
また国のために死ぬようにと人に求めるだろう、
そして　きみたち、もはや子をもたぬ老人たちは
他の人たちを見て言うだろう、
わたしらの息子は死んだのだ、他のも死ななければ　と。
そう　きみはそう言うだろう。

構うことはない、老人よ！

おお　孤独な老人よ、
いまやきみに出会うとき
きみのまえで、ぼくはきみの息子の一人だ、
影たちのあいだを歩きながら、きみが知ることはないのだが
きみの大きな苦しみのまえで　ぼくは目を伏せる、
曲ったきみの背なか、涙でいっぱいのきみの目をまえにして。

この詩篇も戦時中に書かれています。どういうかたちで残されたのか、

たぶん最初の段階では、ビラのようなかたちで流れていったのだろうとは思いますが。こういう詩の調子はマルセル・マルティネのものとして特徴的ですね。一方で、「おお　祖国……」ということばは、逆説的な批判の意味を込めて詩に投じているのですが、当時の人びとがみんな祖国のために沸き立っているなかで、逆に祖国というものがどんなに酷いものかを、彼は言っているのです。

後半の部分で、「十年、二十年、きみはさらに老いるだろう、／そして十年後、二十年後に、祖国は／また国のために死ぬようにと人に求めるだろう」とうたっています。これは一九一七年の詩ですが、一九三九年からは第二次世界大戦になるわけですから、この詩のなかで述べられていることは、またその通りに巡ってくるわけです。

この詩ではそれほど問題になる点はないので、そのまま受け取れると思います。この詩を抑えておいて、もう一度前回の資料に戻っていただけたらと思います。

先日は余計なことを話していて、予め準備していた二つの詩を残してしまっています。

　はじめに「この平和……」（Cette paix...）という詩に触れます。最終的に第一次世界大戦での戦闘が終結するのは一九一八年十一月十一日ですが、事実上戦闘状態が中止になったのはそれ以前のことで、この詩には十一月八日という日付が最後に付されています。十一月十一日は、フランスでは現在でも「休戦記念日」（Armistice）といった国の祝日になっています。カトリックの暦では聖マルタンの祝日も十一月十一日ですね。聖マルタンは葡萄酒の守護聖人です。

　それではこの詩を読んでみましょう。


　　この平和……（Cette paix...）

彼らはきみを歌っている。
ぼくもまた　きみを見る。
そして　ぼくの心が同じように強く搏ち

呼吸が軽く感じられるような、そんな瞬間がある、
そして　この光、この大袈裟な話しぶり……

何か喜びのような感じでありながら、ずいぶん皮肉も混っているような
詩句ですね。戦争が終ったとなると、その方向で騒ぎ出す、そういった人
たちに対する皮肉です。

彼らはもう殺し合わないだろう！
そして　地球はふたたび幾筋もの道と海とに蔽われ、
そして　いまは甦った生命と
傷の手当てを施す者たちとの時なのだ。

彼らはもう殺し合わないだろう！
ああ！　樹々の季節とともに　空の何と美しいこと！

――けれども　身体の不自由なあの男の

空っぽの袖が　ぼくの行く手を塞いでいる
そして　じっと凝視めているあの男の咳がある、
そして　彼はやつれていて、澄んだ沈黙がある。

「空っぽの袖」は戦場で腕を失った人の状態です。「やつれていて、澄んだ沈黙」は戦場に赴いた末に病気になってしまった人の様子です。この戦争は地上戦の悲惨さといった点で凄かったのですが、その結果がこうした叙景にとどめられていますね。

ぼくは往く。雉鳩のいろの、仄かな空を背景にして
枝々は夢の靄のひろがりだ
おお　繊細で、官能的な人生の甘美さよ！
——けれども　あの母たちがいて　彼女らの喪のヴェールがある。

夫を亡くし、子どもを失った母親たちがそこにいるわけです。「喪のヴェールがある」。フランス軍の死者は百数十万、ドイツ軍は二百万とも

言われています。どのような戦争でも悲惨でないものはありません。ドイツの側でも同じことだったでしょう。

この平和……　ぼくらは生きている。——おお　亡き友ら、
ぼくの生に纏わりついている血だらけの影たち、
平和だって？　ぼくはきみたちを想う、死者たちのおぞましい平和。
一九一八年十一月八日

「影たち」(ombres) というのは、ヨーロッパの伝統的な考え方のなかで、通常亡くなった人たち、まだ天国にも地獄にも行っていない状態の人たちをも含めて表します。ダンテの言い方では「煉獄」、まだ行く先の決まっていない状態でいるような存在のことです。ギリシァの時代から「影」という言い方をされてきています。肉体を備えていない冥府のもの、すっかりなくなってしまったのでなく、冥府には影たちがうごめいているわけですね。この詩篇が一九一八年十一月八日で、そのすぐあとに「十一月十一日」の詩が続きます。

一九一八年十一月十一日、月曜日（Lundi 11 novembre 1918）

鐘が鳴る、鐘が鳴る、
これらの通りで、すべての人びとのなかで、
鐘が鳴る、
家々の上で、工場の上で、
顫えている遠方の畑で、
山々の上で、野のひろがりの上で
鐘が鳴る、鐘が鳴る。

ああ！　きみの顔の蒼ざめていること！
ねえ　きみの心臓は砕けるために搏っているのだね？
それに　きみの咽喉には苦しみが詰って
泣きたい気もちなのだ！

ぼくは「おお　神よ！」と言いたかった。
神よ、きみたち、世界のすべての人間たちよ、
もう終ったというのはほんとうなのか、
もう殺し合いはしないというのはほんとうなのか。

死者たちよ、おぞましくも亡くなったぼくの死者たちよ、
何もかも終ったというのはほんとうなのか、
もうきみたちを見ることがないというのは？

ああ！　何と鐘の鳴ること！　鐘の響くこと！
知っている者たちの、泣いている者たちの
心のなかで　鐘の鳴り響くこと！
そうだ、そうだ、彼らはもう殺し合わない。
骸骨の山の上で　喜び合うのだ、
ああ！　どうして幸せになれるのか。

けれども　この心は弾む、
鐘が鳴る、鐘が鳴る、
ああ！　虐殺された者たちよ、赦してくれ！
きみたちの悲しい墓のなかで　ぼくの心は
きみたちと一緒にいる、いつも一緒に。
だが　もう終ったのだ、もう終ったのだ
ああ！　何と鐘の鳴ること！　何と鳴り響くこと！
おお　凍てついた死者たちよ、ぼくを赦してくれ、
世界は、世界は解放されたのだ！

「おお　神よ！」という言い方は、フランス語の「mon Dieu !」ということばがそのまま使われていますが、マルティネ自身はカトリックの信者ではないから、ここでは皮肉っぽいニュアンスを含んでいるのかもしれませんね。これはどう解釈するかといったことですが、彼は「と言う」ではなく、「と言いたかった」と書いています。

「骸骨の山の上で　喜び合うのだ」といったずいぶんきつい表現もありま

すけれど、これがすべての教会から戦争終結の鐘が鳴り響いてきているときに、マルティネの心に浮かんできた作品なのですね。

幾つかの詩を選び出して、『呪われた時代』という詩集のなかの詩篇を読んでみましたが、この詩人の雰囲気には何か独特なものがあると思います。

詩人を取り巻いているフランスの雰囲気を考えてみると、ある時期までは、ドイツを叩き潰すのだといった一種の昂奮状態にあって、たとえばあの冷静なはずの哲学者のベルクソンでさえもドイツをやっつけろと発言し、アンドレ・ジッドのような作家もそうでしたし、多くの知識人たちも同様でした。何処の国でも似たような状況になるのだと思います。そのなかで、ごく僅かな人間だけが、この戦争は間違っている、戦争は相互の権力が仕掛けたものであって、実際に犠牲になって死ぬのは民衆なのだということを理解していました。わかっていても、そうは言わなかったという場合もあるでしょうが。

前回、内容には触れませんでしたが、ジャン・ゲーノ――という人が『他人の死』という本を書いていることをお話ししました。ある種の知的エリートと申しましょうか、日本の場合もそうでしょうけれど、それらの人たちは、自分自身の赴くことのない戦場に若者をけしかけるということがあります。何処においても、どの時代においてもそうだったのかもしれません。この思想家は、第一次大戦のときに自分と同世代の仲間が多数戦場に駆り出されて、亡くなっていった、そのときに戦場ではないところで、責任あるはずの、どんな人たちがどのような発言をしたかということを、それから五十年も経ってから検証するという作業を、この本でやってのけています。

それに比べると、私たちの国はずいぶんあっさりしているといった感じがします。過ぎ去ったことは、シャンシャンと手を打って、水に流して、拘るほうがよくないといった感じです。まだそんなことを言っているのか、というふうに。しかし、ほんとうは「まだ言っているのか」では済まないところがありますよね。

そういう時代のなかで、僅かな人たちが、たとえばロマン・ロランが、第一次大戦当初から一貫してこれはよくないことだと言い張っていたし、ドイツでもヘルマン・ヘッセが戦争賛美は止めてほしいと発言して、どちらも自分の国で、孤立無援の状態に置かれたわけです。

マルティネはまだ二十代ですから、それほどの知名度があるわけでなく、パリの市役所に勤務していました。思想的な立場はサンディカリスム、労働組合主義というのでしょうか、第一次大戦前の一時期、パリに亡命していたトロツキーとも接触があって、そのせいで、トロツキストの一派だと言われたりもしました。一九一七年、ロシア革命が起ったときに、トロツキーと接触があったということからも、やがて起るスターリン体制には終始批判的な立場でした。

マルティネの先輩格であったロマン・ロランは、一方でインドの独立運動を支持していて、ガンディーとかタゴールとかが、前にもお話ししましたが、ロマン・ロランのスイスの家に訪ねていますけれど、そのインドの非暴力主義的抵抗運動と、ロシア革命のある一面での暴力的な行動との接点はないものか、旧いヨーロッパの帝国主義、植民地主義にたいしての共同体制が組めないかと模索していたみたいですが、これはちょっと無理だったようですね。

当初、ロマン・ロランはソヴィエト革命を支持しています。彼が親しかったのは政治家ではなく、マクシム・ゴーリキーという作家でしたが、ゴーリキーはスターリン体制のなかで、あるときから音信が途絶えて、消息不明になってしまいます。その頃からロマン・ロランのなかには、スターリンのソヴィエトに対して不信感が強くあったのですが、一九三〇年代にドイツにヒトラーのナチスが抬頭してきて、イタリアで政権を掌握していたムッソリーニと手を結びます。ムッソリーニも彼なりの在り方では文化愛好者でしたから、タゴールもリルケもイタリアを旅したときには、ムッソリーニの系列に抱き込まれたことがありました。

そういう時代でしたから、ロマン・ロランは何故ソヴィエトを批判しないのかと言われて、このような状況下でソヴィエトを批判することは間接的にドイツのナチスとイタリアのファシズムに助力することになる、と応えています。それは信条の問題というよりも、一種の政治的配慮によるものだったといってもいいでしょう。世界が微妙に動いているときに、自分にとって何が正しいのかということを見つけるのは、とても難しいことだと思います。ですから、一概にこうだったからあいつはいけない、とそう決めつけることもできないですね。

たとえばドイツにハンス・カロッサという私の好きな作家がいます。医者で南ドイツ、ドーナウ河畔のパッサウという町にいました。そのカロッサがヒトラーのドイツから亡命しなかったということで、戦後に批判されるのですね。医者として自分の持ち場を放棄するわけにはいかない、というのが彼の考え方だったようです。そのとき、対照的に引き合いに出されるのがトーマス・マンですが、マンはナチスによるユダヤ人狩りが盛んになったときに亡命しています。彼は第一次大戦のときには好戦的な言辞を展開しています。彼はユダヤ人ですから、ナチスのドイツにとどまっているわけにはいかないという状況下にあったのです。当然ナチスに対するはっきりとした批判を述べています。それで、第一次大戦当時に比べて、マンの立ち位置が変ったのかと言ってしまうと、その人の背負っている運命のようなものを考えるとき、一言で片づけてしまうわけにもいきません。それぞれのもっている運命みたいなものによっても違いが生じます。ヘルマン・ヘッセは第一次大戦のときにも戦争に反対して、その後一九二三年にドイツの国籍を抜き、スイス国籍を取得しています。カロッサはドイツに踏みとどまっていました。しかし、それでけっしてナチスに加担したというわけではないのですが、そこにいたということで非難されたりするのです。このあたり、とても難しいことだと思います。

さて今日の後半は『呪われた時代』という詩集から、次へと移ることにします。資料の詩集『過ぎゆく者の歌』（*Chants du passager*）というタイトルで、私より前の世代の人たちがそのように訳していますので、それに倣っておきます。この本がその初版です。なかなか洒落た本ですね。

それでは一九三四年の詩集『過ぎゆく者の歌』のなかの、幾つかの詩篇を読んでゆくことにしましょう。はじめに「一輪の薔薇」を取り上げてみました。

一輪の薔薇（Une rose）

薔薇、ただ一輪の薔薇、
そして　それを育てる土壌には
生物、無生物がいっぱいだったのに
花咲くために、薔薇はそれらを失わせてしまった。

第一節の四行はこんなふうです。マルティネの考え方のなかには、何かが成就されるには何かが犠牲になるといったものがあります。きっと戦争のときに受けた感じ方でもあるのでしょう。先ほどの反戦詩集のなかの「骸骨の山の上で　喜び合う」といった感じでも同じですけれども。

きよらかな残酷さのなか、
それでも薔薇のすることは尤もだ、
なぜなら薔薇は美しくて、その呼吸《いき》は
きみの牢獄の壁だって打ち壊すのだから。

きみに付き纏う苦しい想いを

薔薇の上に傾けて、匂いを嗅ぐがいい、
すると　その永遠の苦しみが
花の微風の下で　溶けてなくなるだろう。

あらためて芳香がつくり出す愛、
もう影もなければ、冬の厳しさもない、
薔薇、ただ一輪の薔薇、
きみは世界全部を受け容れることができるのだ。

「きみの牢獄の壁だって打ち壊す」とは、薔薇の香りの強烈な感じです。「牢獄」という語によって、狭い自我の殻を想い浮べることができます。また、この詩のなかの「きみ」というのは、誰というのではなく不特定な呼びかけです。この詩人は他の詩篇でも呼びかけのかたちを非常によく使っていますが、呼びかけをすることで、主体である詩人が対象を第三者としてみるのではなく、その相互間に繋がりのようなものが生じてきます。
一輪の薔薇が咲いているということ、そのことを通して、世界を肯定的に受け取る、肯定的に生きることが可能だということを言っているわけです。他のものを壊すだけの価値を薔薇は持っている。何かの価値が生み出されるためにも、その土壌がなければならないということです。

先ほどの戦争反対の詩に比べると、詩人の抒情性がそのまま生かされているような詩で、あんな詩を書いていたのだから社会性がずっと付き纏っているのかと言えば、それもないではないけれど、この詩はまたそれとは別の、詩人の在り様というものが素直に出ている作品だといえますね。難しいところは何もないけれど、難しい表現がないからそれで充分なことが言えないのかというと、そんなことはないと思います。

それでは次の「栗の木々の上に」(Sur les châtaigniers) という詩を読みます。〈Châtaigniers〉というのはドイツ語で〈Kastanie〉というのですか、ヘルマン・ヘッセの小説によく出てきますが、栗の木ですね。こちらは食べられる実です。マロニエの実というのがありますが、これは日本の橡の実のように食べられないようです。「マロン」といっているときは「マロン・グラッセ」というふうに食べられる栗だけれど、パリのマロニエの実は毬藻のように緑色の小さな毬が九月になると、石畳の上に落ちてパカッと割れて、なかから栗のような実が出てきます。これは食用にはしていません。〈Châtaigniers〉はマロニエではなく、普通に食べられるほうの栗の実です。

栗の木々の上に（Sur les châtaigniers）

なかば葉の落ちた栗の木々の上に、
ずり落ちている青い常緑蔦《きづた》の上に、
栗の木々の　落葉の上、
とがった、固い、金色の落葉の上に、
静かに雨が降っている、降っている、降っている、
静かに、そして　草の上に、キイチゴの上に。

枝々の上に降る雨、葉の上に降る雨が
落ちてゆく葉の上で　軽い音を立てている、

その音の　何とひそやかで、やさしく、幸せなこと！
そして　木々の葉の　何と静かに落ちてゆくこと！
ゆるやかに旋回し、優雅に、木々の葉は同意する。

そして　一様に灰色の　この悲しげな空、
その空の　何とやさしく、何と多様なこと！
そして　ひそやかに、そして　微笑んでいる光がある、
その空の衷には！

死者の日に〔万霊節〕

詩のなかの「優雅に、木々の葉は同意する」といった表現は、木の葉が散ってゆくことを自ら受け容れているということです。私たちも木の葉が散るように、自分の人生が終るときにはそのことに「同意」しないといけないということでしょう。
最後に「死者の日に〔万霊節〕」とありますが、これは十一月二日です。

カトリックの暦で、十一月一日は「万聖節」（toussaint）という全部の聖人のお祝いの日で、その翌日が亡くなった人たちの供養の日、お彼岸みたいなもので、一日から二日にかけて墓参りが多くて、平らな墓石の上にその季節の花々や実のついた小枝などが置かれているのをよく見かけます。習慣的に、菊の花は死者のための花と思われていますから、美しいからといって、うっかり菊の花束を恋人に贈ったりしないほうがいいですね。

それではその次の詩に移ります。

十月の夜（Nuit d'octobre）

霧のなかの十月の夜。
沈黙は湿って、凍てついている。

冬や夏の
結晶のような夜な夜なよりも
もっと濃密で、鈍く、だがまた

崩れた落葉の生命に　また
滴る霧の音に　もっと身顫いして。

きみがここにいる、靄のかかった十月よ、

月明りのなかの
葉叢のかたまり、
乳いろの影のかたまり、
事物は夜の霧のなかで
想いおもいに振る舞い
ぼくらにたいしては口を噤んでいる。
温かく包まれているこれらの生気の乏しいものたちのなかに
ぼくらはそれでも他の幻を追うこともできそうだが
——ぼくらはもうそれらの幻影を信じはしない。

湿って、凍てついた十月の夜のなかで

ぼくらの心のひそやかな、おおいなる沈黙のなかで
ぼくらはかつて愛した魂たちを想い出し
ぼくらの死者たちに呼びかける

すると　ぼくらの衷の苦しみのすべてが顫える
——十月の夜の沈黙、
崩れた落葉、
滴り落ちる霧の音。

非常に静かな感じの詩ですね。この時期の詩では、死の影が絶えず詩のことばのなかに漂っている感じがあります。おそらく彼が第一次世界大戦で戦争に抗い、戦場で死んでゆく人たちのことを思っていたということから、ある意味でずっと繋がってきているところがあるようです。何かしら先ほどの詩は十一月二日のことを、ただ「雨が降っている」と言いながら、その情景のなかで、木々の葉が散ってゆく情景と私たち自身の在り様とを重ね合せに仄めかしながら、たぶん書いていたと思います。「十月の夜」

では、もっとはっきりと、死者が詩のなかで、見えないままにそこにいる姿として詠われています。あるいは彼にとって無二の親友だったジャン・ド・サン＝プリへの想いが絶えず漂っているのかもしれません。

私はこの詩が好きですけれど、フランスでの秋という季節の在り様がよく感じられます。秋空の澄み渡った日というものがないわけではないですが、それは日本に比べると非常にすくないと思います。

いま頃はパリも、ああ春だ、といった感じで、公園などにはミモザの花、ボケの花が咲いて、やがて薔薇も咲き、日本のように梅雨というものがないから、六月はとてもきれいな、いい季節です。リラの花が紫やら白やらの大きな花房を咲かせます。七月に入ればいっせいに夏休みになり、八月の半ばには急に冷たい雨が訪れて、そういう日が何度か繰り返されると、マロニエの葉が病気になったように色を失い、とても侘しい季節になります。

もうその頃には秋の深まりが強く感じられて、有名なボードレールの〈Bientôt nous plongerons dans les froides ténèbres ;〉ではじまる「秋の歌」が想われます。

ほどなくぼくらは冷たい闇のなかに沈んでゆくだろう、
さらば　あまりにも短かったぼくらの夏の生き生きとした光よ、
ほどなく不吉な音を立てて　中庭の舗石の上に
薪の落される音がカーンと響きわたるのをぼくは聞く。

ボードレールの時代なら、馬車に積んで薪が中庭に運び込まれたのでしょう。冬支度の薪です。九月はごく短い秋の季節で、十月もまだ僅かに秋でしょうが、晴れの日ならともかく、パリは霧が多くて、十一月にはもう空がどんより曇っている日ばかりになります。稀に太陽が出ていると、ああ今日は陽射しがあるね、と互いの挨拶のなかで喜び合うといった感じになります。年にもよるでしょうが、十一月の半ばには、積もることはあまりありませんが、パリでは雪が降ったりします。この頃は寒くて、重く曇り、太陽の欲しい季節で、やがて十二月になると、陽が照っていても最高気温がマイナス三度で、最低気温はマイナス十何度といった感じの冬を私も過したことがありました。日本の札幌辺りの感じでしょうか。そして、朝は明るくなるのが九時頃でしょうか、夕方四時頃には薄暗くなってきます。それだけに季節が巡って春が訪れると、とてもうれしい感じがするのですね。冬の間、じっと耐えて、先ほどの中庭に落としていった薪を煖炉にくべて暮らすのですね。環境問題がうるさくなって、いまは煖炉を燃やすのも禁止されているみたいです。

したがって季節感も東京とはまるで違いますね。この二つの詩はほぼ同じ季節をうたっていると思いますが、雰囲気としてはいろいろなものが生命を失ってゆくといった様子です。そのなかで、そのことを受け容れながら、といった感じですね。

それともう一つ、もしかすると「栗の木々の上に」はパリで書かれたのではないという気もします。この前の「小さな村」の詩で、フェジャールというアリエ県の地名を紹介しました。第二次大戦のとき、ペタン元帥がヴィシー政権という対独協力内閣をつくったところ、ヴィシーという土地は水が良いので有名ですが、その近くのフェジャールのあたりかもしれませんね。場所は特定できませんが、このふたつの詩の雰囲気は、ある意味でよく似ていると思います。

それでは今日は時間になってしまいましたので、ここ迄で終りにします。
お聞きくださいましてどうも有難うございました。

マルセル・マルティネ　四

はじめに、今日お話しすべき本題とは直接には関係のないことですが、先日、Mercure de Franceというフランスの出版社の方からメールを頂き、それに添付されて、膨大な量のフランス語のテクストが送られてまいりました。何事かと思いましたが、それは本年刊行の手筈になっているボヌフォワの二冊分の書物の全文でした。一つは新しい詩集『またしても　ともに』(*Ensemble encore*)、もう一つは彼の自伝的なエッセイ『赤いマフラー』(*Écharpe rouge*)で、こちらのほうは暫くまえから読みたいと願っていたものですが、そんなことがあろうかと驚いた次第です。詩人自身の心遣いだと思われましたので、とても勇気づけられました。それで、もうこのサロンも四十回ほどにもなることだし、そろそろ……と思っていたのですが、もう一度、マルティネの紹介が終った後に、お許しをいただいて、ボヌフォワの新作の詩篇に触れることにしようかと思いました。

それだけのことをお話しして、前回のつづきに入ることにいたします。

さて前回の終り際に、マルティネの「薔薇」の詩をフランス語でとのご希望を伺いましたので、取り敢えずそのことからお話ししてゆくことにいたします。まず、「薔薇」の原詩をお目にかけることにしましょう。資料をご覧ください。

Une rose, une seule rose,
Et le terreau qui la nourrit
Fourmillait d'êtrs et de choses
Que pour fleurir elle a détruits.

Dans sa férocité sereine
Elle est celle qui a raison
Puisqu'elle est belle et son haleine
Abat les murs de ta prison.

Respire-la, penche sur elle
La hantise de ta douleur
Et cette douleur éternelle

Fondra sous sa brise de fleur.

Amour qu'un parfum recompose,
Il n'est plus d'ombre ni d'hiver,
Une rose, une seule rose,
Tu peux accepter l'univers.

各行の最後の音節に下線を引いておきましたが、これは脚韻（rimes）についてご説明するためです。詩の全体は一節が四行、それが四節で構成されていて、この時期のマルティネのものとしては珍しく定型で整えられています。一行ずつはフランス語での音節の数え方ではそれぞれ八音節です。最初の二行で数えてみると、

U/ne/ rose,/ u/ne/ seu/le/ rose,
Et/ le/ ter/reau/ qui/ la/ nour/rit

という具合です。Roseという語の-seの部分では最後が「無音のe」という扱いで、それだけでは一音節には数えられません。

つぎに脚韻を吟味してみると、一行目の〈rose〉は三行目の〈choses〉と呼応していて、「無音のe」でのこの終り方は「女性韻」と呼ばれるものです。また二行目の〈-rit〉は四行目の〈-truits〉とひびき合っていますが、こちらは「男性韻」と呼ばれます。二節目以下も同様に整えられています。このように、一行目と三行目、二行目と四行目と、交叉しているものはまた「交叉韻」(rimes croisées) と呼ばれるもので、その他に、一行目と二行目、三行目と四行目で隣り合って韻を踏んでいれば、これは「並行韻」(rimes parallèles) と呼ばれていて、中世末期の武勲詩などによくみられます。さらに一行目と四行目とが韻を踏みながら、なかの二行の韻を抱く形になっている場合には、「抱擁韻」(rimes embrassées) と呼ばれるものです。

この「薔薇」の詩は定型ですが、とても素直ないい詩だと思います。収められているのは『過ぎゆく者の歌』のなかですから、あの『呪われた時代』で、むごたらしい戦争を糾弾し、人の苦しみをうたった詩人が、その後にもこんなにも美しく、彼本来の抒情性豊かな詩をつくっているというのも素晴らしいと私は思います。ただ「薔薇」が一輪の花以上にそこに豊かな何かを託されているとは思いますが、それが何かはお読みになられる方がたの受け取り方でしょうね。

つぎに、今日、扱う詩は『彼らと私』（*Eux et moi*）というタイトルで、とても大きな連作詩篇です。この詩集ですが、ここにお持ちしたものはかつての私の滞仏の折にルネ・マルティネ夫人から頂いた一冊で、〈R.M.M.／11 Novembre 72〉とサインがあります。冒頭のRはRenéeの頭文字で、私の誕生日に下さったもののようです。それから詩人の写真が一葉なかに挟まっていましたが、これもそのときに頂戴したのでしょう。おそらく彼の最晩年の、病気療養中に撮られたもののようです。

この詩篇は詩人が非常に力を込めて書いているのですが、一九二九年の作が漸く歿後の五三年になって刊行されました。全体は十二篇からなっていています。それらの詩篇の冒頭の書き出しのところが目次の方にも入っているので、それをそのまま置いてみました。

1 Ils sont là tous les visages
〔彼らがいる、すべての顔が〕

2 Tourne, soleil secret qui es le nourricier et la nourriture des âmes
〔回れ、魂たちの養いの親であり、糧である秘かな太陽よ〕

3 Je suis ce vieil homme au masque étrange
〔私は奇妙な容貌のあの老人だ〕

4 O hommes vivants à l'immensité de par le monde !
〔おお　世界の広大無辺を生きている人びとよ！〕

5 Beaucoup d'hommes, Oui, beaucoup d'hommes
〔たくさんの人びと、そうだ、たくさんの人びと〕

6 Le chêne. témoin de tant d'hivers
〔槲の木、数多の冬を証するもの〕

7 Ma maison le monde !
〔わが家、世界！〕

8 Je fais souvent mon séjour dans des apparences plus insaisissables
〔私はしばしばもっと捉え難いものたちのなかに滞まる〕

9 Jeunesse je reviens toujours à toi
〔青春よ　私はつねにおまえに還ってゆく〕

10 Quelqu'un m'a dit souvent
〔しばしば誰かが私に言った〕

11 J'ai choisi
〔私は選んだ〕

12 Visages, tous les visages, univers d'existences
〔顔よ、すべての顔、存在の宇宙よ〕

目次に置かれているそれぞれの一行目に、こうして日本語を付けてみると、何かその全体の内容が仄めかされているふうですね。非常に哲学的な趣きのある長い詩です。一冊全体が一つの主題によって書き連ねられています。つまり、個々の存在としての私たち自身と世界、あるいは宇宙との関係というのがそれです。

それではまず冒頭の詩篇Ⅰから読んでみることにしましょう。

詩篇Ⅰより

彼らがいる、すべての顔が
私のまえに、私の背後に、そして　私の周囲に
これらすべての顔、私の上に動物じみた熱い息を吐きかけているこれら
　すべての口、
そして　私は後ずさりすることも、離れることも、また　進むこともで
　きない。
何故なら彼らがぐるりにいて、押し合い、ますます近く、ますます数を
　増すからだ。
世界の発端から
時間のはじまるところから　彼らがいる、
それも　いつか訪れる時間の無限のときまで
私が存在しないか、またはまだ存在しているそのときまで、

彼らは私を呼吸し、私は彼らを呼吸しなければならないのだ。
・・・・・・・・・・・・・・・・・
彼らがいる、すべての顔が、男も女も
すべての年齢の、すべての時代の、すべての風土の。
それなのに　それぞれが孤独だ、
それぞれが容赦なく
孤独だ、
そして　どれ一つとして、さまざまな顔と肉体との特徴と仕種とが表現
　しているこれらの魂の
どれ一つとして　何処かで他の魂とほんとうに一つに融け合うことは
　けっしてないだろう、
一つひとつが永遠のなかで容赦なく孤独だ、
そして　孤独に生れ、孤独に死んでゆくだろう。
・・・・・・・・・・・・・・・
兄弟だって？　違う、私は誰の兄弟でもない、
私は孤りだ。遥かな以前から、永遠に。

私は孤独だ。私は自分が孤立して、孤独であることを
思い違いしようとしたりはしないし
自分が孤立し、孤独であることを雄々しく愛してもいる。
誰も私には届かない、生きている者も亡き人びとも、
うようよしていて、到るところで世界を苦しめている
怪物じみた、あるいは微細な力のどれ一つとして。
私は孤独だ、だが　かわるがわる全体だ、
私はきみたちの一人ひとりだ、私はきみたちの普遍性だ、
　そしてきみたちもまた孤独であり、
　それぞれが孤独で
　他の誰からも孤立していることを私は愛する。

こんなふうに詩が始まっていて、冒頭の表現は何となく通勤、通学の途中のラッシュアワーの混雑を感じさせるようです。時間をも、空間をも彼ら〈人間〉が隈なく充たしていて、しかもそれぞれが絶対的に孤独だと詩人は感じています。群衆の雑踏のなかでも、「私は孤独だ」という存在の

絶対的な個の在り様がまずは提示されていると思います。しかし、そんなふうでありながら、この表現の終り近くでは、また、「普遍性」ということが仄めかされています。大勢がひしめき合っていて、それぞれが皆孤独だと言っていて、そして、「私は孤独だ」のところから、「だが　かわるがわる全体だ」という表現に移行しています。この瞬間的な移行は、とても重要なポイントを示していると思われます。そして、「私はきみたちの一人ひとりだ」というわけです。

ここで「普遍性」というのはフランス語で〈universalité〉という語です。絶対的に孤独であること、そのように個別でありながら、同時にそのままで普遍に連なるのだという観点は、ほぼ同じ時期に提示されていたフランスの実存主義の、ある種の側面とは相容れないもののように感じられます。私自身がこの詩篇をはじめて読んだのは、戦後ほどなくの、まさしく実存主義全盛時代で、その他のどのような思想にも真実性がないかのように喧伝されていましたから、それだけいっそうマルティネのこの感覚に強く同意したい気もちが働いたのを覚えています。徹頭徹尾、人間の存在を個の枠内で絶対化するという主張には尤もらしさは感じられるものの、それが真実ではないと私には思われたからです。
つぎに詩篇Ⅱに入りますが、ここには詩集全体の流れでの大きな転換点がはやくも示されています。

詩篇Ⅱより

回れ、魂たちの養いの親であり、糧である秘かな太陽よ、
それぞれが自分だけのものとして持ち、たぶん人びとの普遍性が近づこうとする領域での
相反する真実を顕す至高の者よ、
回れ、たったいまきみが照らしていたところに長い影を伸ばすがいい、
つい先刻まで蔭に呑み込まれて、盲目だった他のところを　いまは照らすがいい、
その場処がいまはめざましい真実のなかで耀くがいい！
・・・・・・・・・・・・・・・・・・・・
【この・・・部分は私が抜かしたところです。何行にも亙ってありますが、

それを全部引用してゆくと、資料として一〇〇ページ分ぐらいになってしまうので、お許しいただいてという感じです。】

つい先刻、私はまだ誰のためにも
開かれることのなかった扉を敲いていたのだ、
だが、回れ、相反する真実の偉大なかがやきよ、
不変の風景のなかに、べつの風景を目覚めさせよ、
・・・・・・・・・・・・・・・・・・
彼らの顔を、真実の顔を照らすがいい、
彼らを十全な光のなかに照らし出すがいい、
彼らの一人ひとりの上に　長い間とどまるがいい、
待つがいい、一人ずつ私は彼らを読み取り、彼らを識別する、
私は彼らを見分ける、すると魂たちの
激しくも、やさしい融合が生じるのだ、
私は彼らを識っている、彼らの一人ずつであるこの私は、
彼らの一人ひとり、それがこの私だ！　私は自分を見て取る！

大きな転換点の提示ですね。「回れ、魂たちの養いの親であり、糧である秘かな太陽よ」と呼びかけられているこの「秘かな太陽」ですが、これはもちろん私たちの頭上を巡ってゆく太陽のイマージュを借り受けながら、詩人自身の、ある種の精神的体験を示唆しているもののように思われます。私たちの一人ひとりが言い様もなく孤独であると感じられていたあの状況が、一瞬のどのような視点の移動によってか、大きく変化するわけです。「相反する真実を顕す至高の者よ」と呼ばれるその存在に触れ得たということが、「まだ誰のためにも／開かれることのなかった扉を敲く」という行為によって、ついにその扉が開かれたということでもあり、すると、すべてが一変して、真実の相でみえてくるのだと言っているようです。

詩篇Iでは「私は誰の兄弟でもない、／私は孤りだ」と言っていたその視点が抛棄されて、「彼らの一人ひとり、それがこの私だ！」という深い共感が獲得された様子がここでは示されます。

そして、詩篇IIIでは、新たに獲得されたこの観点がさまざまに具体的な相を伴って語られてゆくことになります。それではつぎの詩篇をみてゆきましょう。

詩篇Ⅲより

私はメニルモンタンの曲りくねった路地を這いつくばって
通ってゆくあの奇妙な容貌の老人だ。
彼の歩きぶりは酔っ払いの千鳥足だ。
けれども　彼の酔いっぷりを私は知っている、
あれはすさまじい悲惨さの長い経歴だ、
他の者たちのとは違う悲惨さの。
そして　なお諦めることなく、夢みようとしている。
何故なら、見るがいい、あの遠いまなざしの表れを、
白髪の巻き毛を、まだ手入れされている顎鬚と繊細な顔立ちを、
それればかりか、泥だらけの襤褸着の下にどうしてかまだ生き残っている
　誇らしさを。
否、私は容認しない、飢えによって盲目になった私の精神は
廃墟と化した私の日々の生活を　それでもなお統御しつづけるのだ。

・・・・・・・・・・・・・・・・・・・・・

【ここでまたすこし省略しますが、】

私は樅の林と牧草地ばかりの痩せ地の小作農だ。

・・・・・・・・・・・・・・・・・・・・・

私がメトロのアーケードの暗がりの、犬や狼たちのあいだで、人を呼び止めている、下ぶくれの
それなのにもう灰いろの混った髪の　あの娘ではないときみたちは言うのか。

【小売り商人、兵士、教師、役人、やくざ、トラックの運転手、セメント工、使用人、船頭、工夫、その他、さまざまな具体例】

私はまさしく、これらの人びとのそれぞれであったことがあるのだ。

・・・・・・・・・・・・・・・・・・・・・

こんなふうに言っているのですが、メニルモンタンというのはパリの、どちらかと言うと下町と言ったらいい界隈でしょうか、パリの東のほうに〈ペール・ラシェーズ〉と呼ばれる墓地があります。そこにはかつての貴

族や、多くの文人、画家たちの墓があります。メニルモンタン通りはその墓地に沿っていますが、また、墓地の北側にガンベッタ通りがあり、マルティネは一時期その界隈に住んでいました。おそらく、彼はその地区を選んで住んだのかとも思われます。現在では、アラブ系の人たちの多く居住している地域です。

詩篇では「私はメニルモンタンの曲りくねった路地を這いつくばって／通ってゆくあの奇妙な容貌の老人だ」と、一人の酔っ払いの老人を登場させますが、人生の辛酸を舐め尽したようなこの老人を、詩人は自分と重ね合せに見ようとしているようです。惨めな姿の下に「なお諦めることなく、夢みようとしている」存在を彼は認めています。「泥だらけの襤褸着の下にどうしてかまだ生き残っている誇らしさ」を彼は感じ取ることができるのであり、まさしくそれこそは中産階級の市民的感覚とは異なる詩人の感覚なのかもしれないと思います。

「私は容認しない」というのは、目に映る外見をそのまま受け取って、あれは酔っ払いだ、あれは浮浪者だというふうに見てしまえば、それはもうそれでそのまま「容認している」ことになります。そういう意味でここでは言っているわけですね。ですから、「飢えによって盲目になった私の精神」、それは現にそうなのか、あるいは対象との重ね合せによってそう感じているのか、そこのところは読者に委ねられているわけですけれども、意識の在り様として〈私〉が「千鳥足の」老人に成り替っていれば、それはそのまま、「泥だらけの襤褸着の下に」誇りを持っているということとも重ね合わせになってゆくわけです。「飢えによって盲目になった私の精神は／廃墟と化した私の日々の生活を　それでもなお統御しつづけるのだ」とうたわれています。

そして、今度は詩行がすすむにつれて、〈私〉はずっといろいろな人間に変容してゆくわけですね、詩のなかで。「私は樅の林と牧草地ばかりの痩せ地の小作農だ」というふうに。さらにまた、「私がメトロのアーケードの暗がりの、犬や狼たちのあいだで、／人を呼び止めている、下ぶくれの／それなのにもう灰いろの混った髪の　あの娘ではないときみたちは言うのか。」おそらく人びとのあいだにあってもっとも蔑まれている存在、それが〈私〉ではないなどとどうして言うことができるのかと、詩人はここでも「容認しない」姿勢をみせています。誰からも蔑まれ、惨めだと見做されている存在に、彼は人間としての自分を投影しているのです。そして、さまざまな在り様で生きている人びとを登場させながら、「私はまさしく、これらの人びとのそれぞれであったことがあるのだ」と言い切っています。

つぎに詩篇Ⅳですが、これは短いものなので、その全部を引用してみることにしました。

詩篇Ⅳ（全文）

おお　世界の広大無辺を生きている人びとよ！
おお　過ぎ去った無限のなかの死者たちよ！
幾百万のきみたち、きみたちもまた、一瞬、無名の塵のなかから立ち上がって、
そのために私はきみたちの一人ずつになるのだ。
私は、一瞬、立ち止まり、
私の思念は変形し、気化し、夢にかわり、

私は想い出す。そうだ、私は彼らの、影の顔をもつ
幾百万の　一人ずつであったのだ、
百年、または十万年まえの死者たち、
肉体をもつ個人としての私が個人的に知っていた彼ら、
親愛な、いとしい者たち、彼らは空気のように私には必要だったのだ、
　それから彼らは消えていった、
私に悪事を働き、それゆえに軽蔑し、戦わなければならなかった相手の
　彼ら、
彼らも同じように消えていった、
そして　彼らも私の一部となったのだ、
そして　私はある瞬間には彼ら一人ひとりでもあったのだ。

ここでは、今度は時間的に過去に溯っています。詩人にとって、しかし、この過去は単に自分の戸籍上の出生をその発端とするようなものではなくて、ある意味で、連綿と継続する時間のなかを溯行する意識の在り様として考えられています。冒頭の二行が提示している広がり、「世界の広大無

辺を生きている人びと」であり、「過ぎ去った無限のなかの死者たち」に連なって、いま此処に在るものとしての〈私〉が浮んでまいります。さらに溯れば、そこには私たち自身の先祖としてのアメーバが認められるわけです。もっと溯って仮にビッグバンがあったとすれば、そこから始まって、物質が宇宙に漂い、その惑星の一つに何かしら有機物が生じて、生命体となり、そのなかで意識が働きはじめ、それが私たちの現在にまで届いてきたということでもあります。「幾百万のきみたち、きみたちもまた、一瞬、無名の塵のなかから立ち上がって」という表現、実質、または実体というものが連綿とつづいているというスピノザの『エチカ』を想い出させるところがあります。かつて存在したもののどの一つが欠落していたとしても、そのときにはこの現在は存在し得ないことになるわけです。ですから、過去に溯る時間の広がりが導入されたときには、その時間のなかで存在した一切のものは自分に連なっていると考えられるわけです。したがって、「私に悪事を働き、それゆえに軽蔑し、戦わなければならなかった相手の彼ら」もまた〈私〉だというのです。

詩篇Ⅳでは、時間にたいして広がりの感覚が示されましたが、この広がりの感覚は当然空間的なものとしても捉えられているものです。それで、すこし省略して先に進みますが、詩篇Ⅶは「わが家　世界！」のうたとなっています。その部分をすこし読んでみることにしましょう。

詩篇Ⅶより

わが家　世界！
何処かの邸宅よりもいっそう私には馴染み深い世界、
私自身である世界、無数の世界！
暴露されるのではなく、
見出される数多の世界！
夢の靄のなかで　現実離れして明るい建築、
いずれにせよ正確に私たちが知っている現実の建築、
かつて存在し、いまでは消えてしまい、ときにはその塵さえもとどめていない世界、

いつか現れて、存在することになる世界、
混沌とした未来の影たち、
そのすべて、形態も運命も、
すべてが不確かで、可能性にすぎず、問題である世界よ、
きみたちは、しかし　もう現在の胎内にしっかりと存在しているのだ、
　初源のときから存在しているのだ、
あますところなく！
・・・・・・・・・・・・・・・・・・・・・・・
朝の靄につつまれている光の
真珠の灰いろを帯びたこの光、この要素のなかにはすべてが取り集めら
　れ、整えられ、融け合っている、
微風の下で、かすかに、河の肉体の上を走る銀いろの鱗状のおののき、
トゥールネル橋の石、
それから　地平のあたりに低くノートル=ダムの石が
河の流れの、軽い、ひかっている水と同じ
大気さながらの素材でできている。

おお　自らの神秘で全世界を包んでいる水の神秘よ、
私はあんなにもしばしば　ほとんど心も失せて
ひたすらに、親しく、きみの衷に溶け込みはしなかったか、水の神秘よ、
流動性と光よ！

ここでもまたいろいろなところを省略しての引用になりますが、冒頭では「わが家　世界！」と自らが身を置いているこの「馴染み深い世界」への呼びかけからはじめられています。そして、それは同時に「私自身である世界」でもあり、「無数の世界」でもあるわけです。「暴露されるのではなく、／見出される数多の世界」という言い回しは日本語訳としてあまり適切とも思われませんが、世界にたいする詩人の視線の質がこの言い方のなかには感じられます。そして、その視線が過ぎ去った彼方へとめぐらされると同時に、「いつか現れて、存在することになる世界」をも予見するさまがうたわれています。「きみたちは、しかし、もう現在の胎内にしっかりと存在しているのだ、初源のときから存在しているのだ」という一行は、詩篇Ⅳでの時間感覚に呼応している〈要〉のような表現だと思われま

す。

まえにもヘルマン・ヘッセとの関係でお話ししたことがありましたが、インドの古典の『バーガヴァッド・ギータ』などで語られているように、「かつて存在しなかったものは現在も存在しないし、未来にも存在しない。また、現にいま存在しているものはすでに存在していたのであり、未来にも消えることはない」というあの時間論に連なる考え方だと思います。ですから、まさしく「あますところなく！」というわけです。

こうした考え方は、しかし、インド古典ばかりでなく、さまざまなところに同様なものが現れていますが、つまりこの宇宙の一切は初源から存在しつづけ、果てのないものだということです。喩えて言えば、宇宙とは両端のないとてつもなく広大な巻物のようなものであり、私たちの見ている現在というものは、僅かにいま私たちの目の下に展げられている小さな部分に過ぎないのだというのです。ですから、見終えてすでに巻かれた部分は過去であり、また、これから展げられる部分は未来ではあるが、それらはまったく失われることなく、ただ見えていないだけだということになります。それは存在しないということとは決定的に違うのだと考えられるのです。

この考え方はC・G・ユンクの心理学での〈集合意識〉のような理論をも裏打ちすることになるでしょうし、すこし溯ればノストラダムスとか、北欧のスウェーデンボルイのような人のある種の予見能力のようなものにも説得力を持たせるかもしれません。このスウェーデンボルイに非常に強い関心を抱いた作家の一人がバルザックでした。また、十九世紀の後半から二十世紀初頭にかけて、フランスで独特の宗教的雰囲気のなかに、深い苦悩を背負って生きていたレオン・ブロワなどという作家の場合にも同様の考え方を指摘できるでしょう。貧しさのあまりに幼い二人の子どもをつぎつぎに失い、また、予知能力を信じていた彼の妻が、世界の終末を予言したにも拘らず、時が来ても世界が終らなかったために彼女は精神錯乱に陥るなど、ブロワは孤独ななかで非常に苦しい生涯を過した作家ですが、晩年には友人にも恵まれており、その一人はあの画家のジョルジュ・ルオーでした。

マルセル・マルティネにはいささかもこうした〈occultisme〉的な傾向

はありませんが、彼のもつ宇宙感覚のようなものが時間的にも、空間的にも、広大な視野を彼にもたせていたと考えることができるでしょう。

そして、この詩篇では、引用の後半部分、きわめて美しくセーヌ河の風景が世界そのもののイマージュとして浮び上がって描かれています。「朝の霧につつまれている光の／真珠の灰いろを帯びたこの光」、このあたりでは詩人はセーヌ河の風景を想い浮べながらうたっています。その光に照らされている水面のさざ波を「河の肉体の上を走る銀いろの鱗状のおののき」と表現しているところなどは詩の隠喩のみごとな一例とも思われます。「トゥールネル橋の石」とありますが、この橋はパリの中の島のひとつであるサン=ルイ島と左岸のトゥールネル河岸とを結んでいる橋ですが、その橋の上から眺めるノートル=ダム大聖堂の背姿はすばらしいものです。この詩篇ではその橋と彼方の大聖堂とをともに視野に収めながら、それらを「河の流れの、軽い、ひかっている水と同じ／大気さながらの素材でできている」と描いていますが、何処となく印象派の画家の画面を連想させるような感じがします。

パリにお出かけになったら、一日がかりでこの辺りを散策されるのもきっと楽しいだろうと思います。ノートル＝ダム大聖堂のあるシテ島のほうには、すぐ近くの裁判所の構内に入って左手から背後に回ると、ルイ九世によって建立されたサント＝シャペルがありますし、その二階の礼拝堂は誰でも一度訪れたら忘れることのできないみごとなステンドグラスに飾られています。二つの島を繋いでいるポン・サン＝ルイ橋を渡って、もう一方のサン＝ルイ島のなかを歩くときには、道に面して建物に取り付けられている標示板《プラック》に幾つも興味深いものがあります。たとえば十七世紀の画家フィリップ・ド・シャンパーニュの館、また、あの詩人ボードレールの住まった建物、あるいはほんとうに気の毒な生涯を終えた彫刻家カミーユ・クローデルの仕事場だった場処など。彼女は詩人ポール・クローデルの姉で、ロダンの弟子でもあったのですが、精神錯乱で辛い晩年を過ごした女性ですね。

トゥールネル橋、ノートル＝ダムなどの固有名詞に思わず昔の自分のパリ滞在の時期など語ってしまいましたが、今日の残り時間も少なくなってきましたので、すこし先を急ぐことにしましょう。

つぎに引用しましたのは詩篇Ⅷの最終節の部分です。

詩篇VIIIより

想い出されてくる、
私は道であり、旅籠だった、
私はパンであり、葡萄酒だった、
たくさんの想い出が立ち上がり
私のまわりでロンドを踊る、
一つひとつ見覚えがある、
一つひとつに自分を認める、
どれもが幸福な顔をもち
どれもが私の姿をしている。
それらのなかのどれ一つ、どうして私が
蔑ろにしたり、否認したりできようか、
ただ一つでも欠ければ、私は存在しなくなるのだから。

長篇の連作詩のなかでも私が非常に好きな部分のひとつなのですが、ここでも詩人の感覚は存在も事物も、一切が連綿とつづいていて、つづきながら消え去るものがあり、また、現れてくるものがあり、しかもその総体に搬ばれていまの、この〈私〉が存在しているのだとうたっています。ですから「ただ一つでも欠ければ、私は存在しなくなる」のだということになります。

そして、最後の詩篇XIIの最終節に赴くことにいたします。これは全篇の冒頭の詩篇Iに対応しているものであることが理解されるでしょう。

詩篇XIIより

私はふたたび自分の存在を認める、
きみたちを通して、つねに
きみたちが命じる真直ぐなこの流れにしたがって、
この流れには　つねに集まってきた、
つねに注がれてきた、あの不思議な一体性が。

この一体性のなかでは　相反する一切が無数の光によって
神的に戯れている。
唯一の、白い光よ、おお　不動の
色彩ゆたかな旋回によって織られてゆく光よ、
おお　一致よ、おお　私の住居よ、
私の肉、そして　私の魂　世界よ、
おお　私の道連れたちよ、どうして
私が悔いることがあろうか。

この詩集『彼らと私』には、また「一体性の歌」（Chants de l'identité）という副題が添えられていますが、〈identité〉というのは「同一性」と訳してもよいのですが、謂ってみれば、「この私というのはこのようなものです」と証明するようなことでもあります。自己証明でもあるわけですが、ここではすべての他者であるものが〈私〉に他ならないとうたわれています。それで「一体性」と訳してみました。私たちの在り様は詩篇の冒頭にうたわれているように、一見したところ、「一つひとつが永遠のなかで容赦なく孤独だ」とも思われるわけですが、しかし、その視点を転換してみるときには、これまでの久しい時間の経過のなかで、絶対的に孤独に存在し得たものはじつは何一つないのだと見えてきます。存在そのものを窮極的に、あるいは根元的に肯定しようとする意図のうかがわれる詩篇だと思います。

この詩集の刊行の経緯からも察せられるように、マルティネという詩人はかならずしもフランスの詩壇において幸運だったとは思われません。彼はパリの高等師範大学を卒業しながら、高等教育機関での教師になる意図を自ら斥けて、市役所勤めを選び、民衆とともに在ろうとしました。また、生来の糖尿病体質のために、けっして健康に恵まれなかったにも拘らず、第一次大戦が勃発すると、すぐさま反戦活動を展開し、ほとんど国を挙げて敵国殲滅のような空気の行き渡っているなかで、孤立を怖れることなく、その戦争を糾弾する反戦詩『呪われた時代』を書きつづけたのです。当然ながら、この詩集のフランス国内での出版は禁止されたわけですが、スイスからその助力の手が差し伸べられたことは、ともかくも僅かな幸運だったと思います。ただ、何処の国においてもそうでしょうが、時流に抗い、自らの立場を貫くという在り様が改めて時流に迎えられるということはけっしてないわけで、彼は第一次大戦後においてもそのことに耐えなければならなかったようです。人間にたいする責任ということを絶えず考えている立場から、シュールレアリスムにたいしても、彼の関心は同意することがなかったようです。

フランス本国でもあまり顧みられることのないこの詩人の仕事は、しかし、戦後ほどなくの私の詩の領域での探索にとっては、非常に大きな役割を果たしてくれたと思っています。そして、その後に、詩人のご家族の方がたからもかけがえのない好意をいただいたことはほんとうに有難く思われました。

そして、詩を愛する皆さんとのこの集まりで、四回にもわたって、この詩人とその仕事についてお話しさせていただく機会を得ましたことは、きっとマルセルやそのご家族の方がたも喜んでくださっていることでしょう。ほんとうにどうも有難うございました。

哀悼詩　Ｙ・Ｂに

I

朝から雨が降っている。
灰色の雲が頭上を覆い尽していて
遠くから何かが届いてくるのを
遮っているように思われる。

「これで終りです」とあなたは言ったのに、それが
あまりにも唐突だったから、私はまだ納得がゆかず、
あれやこれやのことを想い返しては
あなたの消息を知りたがっているみたいだ。
あなたはほんとうに不在になったのか、
それともまだ目には見えないままに
慥かな現存を保ちつづけているのか。

たっぷりと知恵の含まれた、それでいて
すこし悪戯っぽい笑みを湛えたあなたの顔が
雨の帳のむこう側から虚空に見えてくる。
つい数日まえまでだって同じように
私たちは遠く隔てられていたというのに、
空間の隔たりと今日のこの感覚とでは
何処がどう違っているというのか。

幾つものことばが谺となってひびいてくる。
それはいつも、いつもあなたから
溢れ出てくる詩のことばのひびきだった。
危機を感じながらも確信を抱いているひびきだった。
私たちのものであった危機感、同じように
私たちのものであった確信。「遥かな遠方から
あなたの背姿を見ながら、詩の道を辿りつつ」と

いつだったか　私がおそるおそる献辞を書き記したとき、
それを読みながら　あなたは言ったものだった、
「私たちはいっしょに並んで歩いているじゃないか！」と。

雨はまだ小止みなくつづいているが、
この時代の暗さに較べれば　今日の
空を覆っているこの暗さはたいしたものではない。
ルピックの坂道をアベッスのメトロの駅に向かって
真夜中に並んで歩いたときには　世界は
途方に暮れているように思われたし、
何もかもが変ってしまうだろうと私たちは予感した。
夏の終りの夜の　寝静まった暗さだけではなかった。
けれども　あなたはそのときにも言ったのだ、
「希望をもちつづけることは私たちの義務だ」と。
あの坂道を私たちがふたたび辿ることは
ないのだろうか、だが　夢のなかでならば？

言い様もなく深い、大きな感情が
想いもかけず、静かに心の底を浸している。
それが悲しみなのかどうか、ほんとうは
まだ私にはわからないのだが……
今年の梅雨入りを思わせる霧雨が
あなたの見たがっていたこの小さな庭の径の
ホタルブクロやアジサイを濡らしている。

Ⅱ

パリ十八区のルピック通り、レマン湖畔の町ヴヴェ、
あるいはまたアルルの町の　あれは何処だったのか、
かつての日にオランダの画家が描いたこともある
カフェテラスの傍らだったか、あなたは

いつもゆっくりと、あるいはゆったりと
一歩一歩　自分の歩みを確かめるかのように
先へ進んでいった。だからその足許には
ことばが記されてでもゆくかのようだった。

想い出されるのは　何故かいつも夜だった。
そして　いま溢れ返るほどのさまざまな想いが
私の衷にはあるのだろうか、それとも
あるのはただ埋め尽すことのできない空虚なのか、
虚ろのような夜の賑わいのなかで
あなたがこちらを振り返って笑っているようだ、
「生きていて　仕事の他に何をするの？」と。

何処か虚ろの深い奥のほうから　またしても
ことばだけが響いてくる。それからまた
「私たちは地上に詩的に住まわなければならない」と

いつだったか、あなたはそんなことを言った。
そのとき　あなたの言う「詩的に」は　私たち自身と
世界との関係を誤ることなく整えることの意味だった。
その所為だろうか、あなたは詩的にこの地上から
立ち去っていってしまった、「静かに、穏かに
すべてうまく進んでいる」と低声でMに伝えながら。

あなたはもう一つの世界との　自らの関係を
誤ることなく整えたかったのだろうか。
ルピックの坂道も、レマン湖畔の夜も
もうきっとあなたの影を探し当てることが
できないだろう。それなのに虚ろのなかに
ことばだけがなお響いてくる。ことばだけが
遠くこの惑星を半周して　ここまで届いてくる。
存在ではないことばとは何なのか、それは
存在から放たれながら　いつも存在を

超えてゆくものなのか、いつまで？　何処まで？
きっとあなたは　なお何処かで問いつづけているのだ。

III

最後の大きな旅立ちに先立って　あなたが届けてくれた詩集
そこには『またしても　ともに』と標題が記されていた。
そう　またしてもともに　なのだ。私たちが
ことばのなかにあなたを探し当て、心を通わせるとき、
あなたはまたしても私たちとともに在るだろう。

「無限とはひろがりではなく、深さだ。それは
あるひとつの生が　べつの生の絶対へと己れを捧げて
下りてゆく場だ。それは　夜のなかで
それらの生が互いに取り合う両つの手から生れる光だ。」

あなたの綴った一節が声になって聞えてくる。
だから私はもうあなたをひろがりのなかに
探そうとは試みないだろう。そうではなく
深さのなかにこそ　あなたを認めることができるのだ。

何処までか私は下りてゆく、自分の衷を。
するといままで索漠とした虚ろだと思われたところが
ふいにかすかな明るみを帯びて、そこには
光の気配さえ感じられてくるのだ。

何でもないこと、たとえば琥珀色の
液状のものを同じようにグラスから
呑み干すこと、たとえば指《ゆび》さされた
同じページの文言をともに目で辿ること、

そんな些細な光景が仄かに見えて来るとき　虚ろは
新たな意味をそこに宿すことにもなるのだろう、
意味とは光だと　きっとあなたは言うかもしれない。
夜のなかの光、　だがそれはまたべつの光だ、　消えることのない。

あとがき

生涯の道の果てまで来て、あれこれのことを想い返すとき、自分が詩に携わり得たことを沁みじみ有難く感じています。そして、その道を辿る長い時間のなかで、何人もの忘れがたい詩人たちに出会いました。直接間接に私を導き、詩とは何なのかを教えてくださった存在たちでした。この一冊はそのことへの私のささやかな「感謝の歌」（Dankgesang）です。ですから、ここでは詩や詩人についての批評は一切語っておりません。

晩年に幾点もの、《睡蓮》の大作を描いたフランスの画家クロード・モネの、つぎのような言葉が今回のこの仕事では私にとっての規範ともなりました。——「是非とも理解しなければならないかのように、誰もが議論し、理解するのだと言い張っている、ただ単に愛することだけが必要だというのに。」（Tout le monde discute et prétend comprendre, comme s'il fallait comprendre, alors que simplement il faut aimer.）議論され、評価されることではなく、愛され、受け取ってもらえること、画家が自分の仕事にたいして願っていたのはこのことだったようです。

私は多くの先人の詩作品が願っているのもこのことではないかと思ってい

ます。作品に同意し、自らの衷に受け容れること、そうすることによって、それらの詩篇は、この暗い時代にあってもなお、私に生きるために必要なよろこびを齎してくれたように思います。この一冊で、私はそのことを証言したかったのです。

また、この一冊が多くの方がたに扶けられて整えられたものであることをも述べておきたいと思います。詩人たちの、ある小さな集まりに、北岡淳子さんがお誘いくださり、この数年に亙って偶々私が話をさせていただいたのですが、その一回ごとの収録を千木貢さんが弛みないご努力で、美しい冊子に整えてくださいました。それが契機となって、すでに仏詩人のご存命中に、私は一冊の『イヴ・ボヌフォワとともに』を書き上げ、詩人にお届けすることができたのですが、今回もまた、昨年六月から今年の五月までの「私の出会った詩人たち」のタイトルでの拙い話を、同様に冊子につくり上げてくださいました。そのことがなかったら、本書は当然生れることがあり得ませんでした。お二人に感謝し、またこの集まりで、長い間、私を支えてくださった方がたにもこの場でお礼を申し上げます。

なお、今回の作業をすすめているさなか、七月一日に敬愛するイヴ・ボヌフォワさんのご逝去の報に接しましたので、永らくの貴重な友情への感謝を込めて、巻末に一篇の哀悼詩を添えることにいたしました。

そして、舷燈社のお二人、烈しい病苦に耐えながらも、この本の編集、制作をお引き受けくださり、最後まで熱意を傾けてくださった畏友柏田崇史さん、そのご遺志を継いで、刊行にまで漕ぎつけてくださった幸子夫人、お二人に尽きせぬ感謝とお詫びの気もちとを申し上げたいと存じます。

最後に、これをお手に取ってくださいました方がたに心よりお礼申し上げます。

二〇一六年　秋

著　者

清水　茂（しみず・しげる）

1932年東京に生れる。現在、早稲田大学名誉教授

住所：埼玉県新座市あたご 3-13-33

私の出会った詩人たち

二〇一六年一一月一一日発行
定　価――本体二三〇〇円＋税
著　者――清水　茂
発行者――柏田　崇史
発行所――舷燈社
東京都豊島区千早一―二〇―一三　〒171―0044　電話〇三（三九五九）六九九四
振替〇〇一六〇―〇―一三六七六
印刷所――アクセス＋平河工業社
製本所――日進堂製本
ISBN 978-4-87782-140-1　C0090